好年華

Good Time

目錄

CHAPTER

③ 廠外的世界

Apart from Anchoring

CHAPTER

④ 海闊天空

Life After Anchoring

推薦序 一

資深主持人兼爸爸
麥振江先生

「新聞女王」劇集收視率高企，掀起了一股新聞主播熱；電視台新聞主播頓成茶餘飯後熱門話題，不少市民對電視新聞部台前幕後工作興趣盎然。

這本《新聞主播工作實錄》正是麥詩敏從事新聞主播工作八年的心路歷程和工作體驗，讓讀者可一窺新聞主播鮮為人知的一面和實際工作上之點滴。

投考新聞主播是我鼓勵她參加的。要成為主播，基本條件要相貌端莊，口齒清晰，說話無懶音，語文能力要好，懂得管理情緒，對新聞時事要很有興趣！成了主播後，亦要不斷磨練鑽研，累積寶貴經驗，培養專業的應變能力。結果，一做八年，她總算能夠勝任，位列高級主播，直至她離開了所謂「舒適圈」，接受新的挑戰為止。

這八年，她從來都不會向我埋怨工作上的辛苦事。返香港早晨更，無論寒冬暴雨，朝朝3時多起床，也從沒怨言；夜更工作至凌晨時分，搭的士回到家，我總會為她開門。每次開門總是笑著叫爸爸，不見倦容，從無投訴，或許她不想我擔心吧。今日，她毅然把過去從事新聞主播工作的甜酸苦辣盡訴書中，和大家分享，我當然期待！也希望廣大讀者，不吝賜教，提供意見，使她在新的主持工作領域上，更進一步。

推薦序 二

資深傳媒人、亞姐之父
葉家寶先生

第一次認識麥詩敏，是在無綫電視新聞報道見過她，她做過記者，又做過主播，只覺得她形象清新，有一份自我的瀟脫。後來才知道她是我浸會大學同學麥振江的女兒。麥Sir做港台「警訊」的主持，聲名遠播，讀稿擲地有聲，難得女兒並不是唸新聞系或傳理系出身，也能獨當一面，絕不用靠父親的提攜，這正是當今青年人的本色。自此，我都特別留意她在新聞節目的出現，見她一日一日地進步。

直到2023年，在一個活動中，見她與父親一起出現，才第一次親身認識她。知道她離開了無綫電視，那時我正為「青少年發展企業聯盟」製作一些正向性格強項的節目，也特別留意她有甚麼可介入的角色。直到第一次的正式合作，就是2023年聖誕節前，在尖沙咀1881露天廣場擔任「兒童發展配對基金」聖誕頌歌節15周年感恩慶典的主持，兩父女一起合作做活動主持，充分體現出已有15周年頌歌節的傳承意義，再加上一剛入大學的年青小伙子，三人將慶典串連得有聲有色，掌聲不絕。

知道她出書要記下自己在無綫電視新聞部的八年工作點滴，以輕鬆的筆觸敘事，也算是對自己人生一個階段的整理，相信也令讀者對新聞工作者了解到一鱗半爪。當中不乏她對現代人斜槓生活及擔任綜藝節目主持人的一些見解，算是相當全面。

在一機構工作八年，也算是一段不短的日子，在此，祝福詩敏未來生活更多姿多彩，步入另一璀燦瑰麗的人生！

推薦序 三

資深傳媒人
何重恩先生

麥詩敏Gloria是「傳媒」二代，她爸爸是我港台的舊同事麥振江。當她離開TVB後，我有幸和這個年輕人合作，她從主播到司儀、綜藝節目主持等崗位，表現都挺好，不要輕看由讀新聞稿到執生爆台辭，完全是兩碼子的事，Gloria都做到了。

收到邀請寫序，看了一下大綱，感覺就是年輕媒體人的視覺和氣味，常聽到有人說不了解媒體人，特別是年輕媒體人，建議看看詩敏這本書。看這本書，也勾起我這個媒體老兵對行業工作的舊記憶，十分認同書中提到早晨節目、颱風天、技術故障、訪客參觀、新冠疫情的幾個章節情景……，這些都是我一路走來的經歷。至於這一代媒體人喜愛的斜槓生活，我還是要跟詩敏學習，在大台走出來，實在不容易。

推薦序 四

金牌司儀
鄧英敏先生

時光荏苒，日月如梭。

自1974年TVB第三期藝訓班畢業之後，屈指一算，已經飛越半個世紀了；過去50年，我曾做過演員、節目預告員和擔任過大大小小的司儀及主持工作，當中有苦有樂。

工餘時我十分留意本地及世界新聞，它是我的精神糧食，令我每天都可以學習新事物，減緩衰老。

在芸芸新聞報道員之中，有一位我特別留意，她就是麥詩敏（Maximum），原因她爸爸是我藝訓班的同期同學——「警訊」主持麥振江，所謂將門之後，當然會特別關注世姪女！

詩敏的新聞報道風格，大方得體，處變不驚，極具大將之風。初期雖曾發生過「中東呼吸綜合症」

現場報道「蝦碌」事件，但試問同行中，誰沒試過現場「蝦碌」尷尬經驗？

這次經驗是難能可貴的，起碼學會日後處事時要更小心謹慎，任何報道及訪問都要有充份的準備。

為了嘗試多方面的不同工作，詩敏毅然跳出舒適圈，離開了工作八年的TVB新聞部，轉戰到其它電視台主持節目。

最近她把多年來的工作歷程和心得，撮寫成書，暢所欲言，確實難得。

這本書非單對準備投身新聞工作的年青朋友可作參考之用，對廣大讀者亦可加強他們對新聞工作者的深入瞭解，增長見識。

在此我預祝詩敏的處女大作《新聞主播工作實錄》一紙風行，得以廣泛流傳。

自序

泰國確診「中東呼吸……中級呼吸中東……呼中級呼吸中東呼吸綜合症」……不少人第一次聽麥詩敏的名字，可能就是從一條網絡瘋傳的短片。

當時剛入行幾個月、還是很緊張的我，吃了一顆超大的螺絲。將中東呼吸綜合症，錯讀成「中東呼吸……中級呼吸中東……呼中級呼吸中東呼吸綜合症」。瘋傳翌日，WhatsApp短訊四起，朋友們都紛紛傳送片段連結給我。網民的批評、留言，如雪崩般撲面而至。

冷冷的批評卻沒有把我的火撲滅。事件發生後，我不但沒有被打敗，反而激勵了我。電視台主播崗位，一做做了八年。很多人以為主播就是報新聞，活生生的讀稿機器，其實非也。台上一分鐘，台下十年功。報新聞前的準備、應付突發現場前要「做功課」，都是你們看不到而已。報新聞以外還要報天氣、拍節目、報道突發新聞等等，真的並非「花瓶」。

不少朋友對主播有很多迷思，IG會DM問我很多問題，內容什麼都有：報新聞技巧、主播髮型化妝、衣著，甚至私人生活。我也會在這裡回答，盡量盡量。

又有很多人問，女生雙十年華，最寶貴的青春都給了電視台，不可惜嗎？電視台是我成長、成熟的地方，八年間所有遇見、機會、回憶都是在這裡發生的，為什麼可惜？離開後一直很想和大家詳細分享八年間發生的事。曾在IG和大家分享，可惜篇幅有限，只能長話短說。適逢香港早前一齣有關主播的電視劇推出，反應出奇的好。碰巧颳起主播風，就讓我和大家一起拆解主播迷思。

麥詩敏這些年過得怎樣？到底發生過什麼事？本書目的只是記錄八年所見所聞、心路歷程，並無其他意思。邀請你和我一起想想當年，讓我和大家暢所欲言。

CHAPTER

①

由零開始

The Maximum challenge

1.1 意料之外情理之中的入行之路

「Gloria，你是新聞主播，是不是讀新聞系啊？或者是傳理系？浸大？樹仁？」這些問題大概是我歷年來，被問得最多的問題。其實，我畢業自科技大學工商管理學系。讀的是金融學、市場學、管理學。如何管理企業、市場研究，研究世界各商學院的case studies，大學生涯中和「新聞」兩字扯不上半點關係。

那到底我是如何入行的呢？剛畢業時就如一隻迷途羔羊，對社會零接觸、零經驗。爸爸眼見小羔羊迷失，就來推我一把，叫我想想對什麼有興趣。

爸爸麥振江是資深主持人，主持《警訊》長達15年，也曾是第3期大台藝員訓練班學員，從小在耳濡目染下，聽他的分享、看他的節目，對電視行業略知一二，興趣也漸漸建立起。大學時期已參與過

電視節目拍攝，飾演過不同角色，初嘗「上電視」滋味。好，我就從這方面入手，四周看看有什麼電視工作招聘。誤打誤撞的看見大台聘請主播，立刻申請了。收到第一次面試的通知，知道要試cue(試鏡)了。

試鏡前幾天不斷看報紙、看新聞、認一下時事人物惡補。

最近主播電視劇的其中一幕，女主播報新聞期間，休息中途突然剪頭髮，立即變短又得。我當然沒有她那麼「激」，不過為了試鏡也是特意走去剪頭髮，一下子把長長的「女神頭」，剪成了差一點點才及肩的「主播頭」。很不捨得，但也要取捨。剪髮前瘋狂地和留了幾年的長髮自拍。

為了令自己更像主播，還特意留意電視上女主播們穿什麼衣服，挑選了以前大學做presentation的黑

麥振江 80 年代警訊主持照片，1979 年至 1994 年擔任警訊主持超過 15 年，是歷任最長的警訊主持人，其後轉為擔任警訊導演。

色老土西裝外套去試鏡。當時心想，終於大派用場。

電視城當時對我來講是一個很新的名詞，面試當天爸爸陪我去，山旮旯地方大家都不知怎麼去。知道有shuttle bus，但不知車站在哪裡，結果都是的士算了。一下的士，電視城外牆的藍、綠、紅標誌顏色映入眼簾，我就知道我去對地方了。第一位迎接我的是門口的巨型電視台吉祥物Buddy。跟爸爸道別後，戰戰兢兢的走進電視城。在接待處辦了

手續，坐下來等。深呼吸了一口，看看手錶。咦，早到了。當時只有我一個，陪伴我的只有接待處電視機傳來的電視聲，看著看著，不禁有點期待會見到電視上的明星。等了一會，接待處姐姐說我可以進去了。結果，真正來迎接我的並不是Buddy，而是經常在電視看到的一位美女主播。害羞的我開始緊張起來，跟著她行。大鄉里出城的我一邊走，一邊四周看，很新奇。

首次面試就需試讀稿

到達新聞部，隨即接到試Cue的稿。美女主播知道我第一次來就教我基本主播知識。稿子分為SOT、RVO和STR。

SOT(sound on tape)的稿子一般一至兩分鐘，較長、兩三分鐘的稿子通常是很重要、很大單的新聞。五分鐘的都遇過，不過真是少之有少，應該是世紀大新聞了。SOT有記者旁白，主播只需讀出導言，所以主播遇到SOT都很開心，因為只需讀一兩句就可休息一會。

RVO（readers voiceover）全篇由主播讀出，一般一分鐘內。算是最考功力，也是主播最怕遇到，特別是遇到近兩分鐘的RVO，真是會讀到無氣。最怕就是遇到一連串的RVO，返早晨新聞常常遇到一連十隻財經RVO！

而STR就是SOT混合RVO，稿子中間通常夾著講者的Sound bite，主播需要讀出導言和結尾。所以主播讀完稿頭時STR時也不能發出聲音，因為Sound bite播出時咪可能還開著，會收到聲的。

學會基本知識後就去化妝了。一邊練習著稿，一邊和化妝師和髮型師聊天，一邊化妝吹頭。原來

電視台化妝間是這樣的，第一次由專業團隊化妝，第一次知道貼了睫毛的眼睛是這樣的，第一次知道什麼叫夾粟米。還記得化妝師說「你試Cue，幫你化靚D」，好窩心。經過一番改造，體現到整形級化妝的威力了。看著鏡子，哇，第一次看到自己這個樣子，好像開始有點主播feel。

整完型、看完稿，正式試cue。第一次坐到主播桌，好幾支大光燈照射到臉上。看到旁邊電視熒幕上的自己皮膚滑滑的，電視台打燈的確專業。還未欣賞完自己的皮膚，聽到耳機傳來導演的聲音：「收唔收到，收唔收到。」再試試咪、整整頭髮、照照鏡子。「3、2、1，cue」。開始了！心跳快得快彈出來。

第一次的我非常緊張，聲音都抖了，和練習時差天共地。我的第一次試cue大概就是這樣子，再由

第一晚當主播的樣子，是我試過最短的髮型。

另一位主播帶我離開。離開新聞部時，我回頭看看門口的幾部大電視。心想，希望我可以回來吧。

幾個星期後，很開心再次收到電話叫我再試鏡。再練習、惡補一番後，第二次試鏡淡定了很多，隨即做了面試和做written test。很多人說做新聞行業好辛苦的，我肯定的對自己講，可以。我深信自己可以。而且所有工作都有酸甜苦辣，難道其他工作就不辛苦嗎？幾個月後，我的主播生涯正式展開。

1.2 新人乍到

上班的第一天是迎新日，早上9時到達電視城，先去人事部報到。第一件事就是拍照、弄職員證，看著證件上名字和職員編號，感覺很真實，不是發夢了。

同一天有一大班人一起參與迎新日，來自不同部門，有工程部的、有劇組的、有配音部的。和新朋友們聊天之際，工作人員向我們派了一大疊文件，都是員工守則和通告。然後就安排我們開始聽講座，介紹公司、基本守則等，都是例行指定動作吧。聽完之後，一大班人隨即就展開電視城半天遊。第一次遊古裝街，大家都非常雀躍。電視劇中看到的古裝戲畫面出現在面前，都紛紛拿起手機打卡。

城市中的衙門、怡紅院、茶寨，對這班新人

電視城的大 can，一些劇集亦會在此取景。

來講實在太新奇。你幫我拍，我幫他拍。逛完古裝街，拍完照，就回到現實，開始參觀不同部門，給大家介紹哪裡是最大的一廠，哪裡是藝人的化妝間，哪裡是新聞部。第一次逛電視城的我，感覺這裡真的很大，樓層又多，就像迷宮一樣。錄影廠很多，間間看來差不多。對這班新人來講，這一天經歷了很多第一次。迎新日歷時大半天，餘下時間就讓同事們回到自己的部門，各自開始第一天的工作。

主播頭幾個星期上班當然不能直接上陣，要先練習。同事們都說這幾個星期是「蜜月期」，因為暫

不用返shift，只是練習。在前輩教導下，學習新聞如何製作、如何注意主播儀容、哪些字容易讀錯，正式了解採訪主任、記者、主播崗位功能分別。

採訪主任需要具備統籌能力、新聞觸覺和判斷能力。當遇上突發新聞時，需要即時調度人手，安排記者跟進相關新聞。平日則需要根據當日的新聞菜單編排人手，安排記者的採訪日程，亦要跟進記者的採訪進度，也要修改記者撰寫的稿，確保內容正確，所以採訪主任可算是最重要的角色之一。

前線記者則要根據採訪主任指示，到不同地方採訪，主播就主要負責報道新聞。幸好我說話本來沒有懶音，還算字正腔圓，練習流暢度就可以。可是，大學讀工商管理，對新聞行業零認識，完全沒有新聞底子，沒有上過關於主播的課堂，更不用說主播鍛煉。

先天不足，唯有後天補救，我深信將勤補拙的道理。我當時跟自己說，你可以的！

一段完整新聞背後

整個新聞製作過程從頭學起。萬事起頭難，這陣子深深體會到。新聞行業節奏很快，在newsroom常常有人在跑、有人在大叫有新料等，一點都不出奇。氣氛緊張又刺激，我是很享受這種節奏感的。為了讓觀眾全天侯得知最新資訊，24小時新聞台在香港興起。

由於是24小時頻道，人手需求自然多，需要更多主播專注報道新聞，也就衍生了兩個團隊：主播組和港聞記者組。主播組一般不用跑新聞，主打報道新聞，記者就專注跑新聞。

觀眾們看新聞，見到的就是主播一人，但其實

背後製作團隊還有一大班人。主播坐的位置是在新聞廠，只有主播一人（雙主播制的時段就有兩人），有時候會有場務工作人員幫忙移動佈景板。

而製作團隊就在旁邊的控制室，相信觀眾在主播電視劇也看到類似的場景，大概有6至7人：兩位導演、一位編輯、一位打手、一位場務同事、一位Audio同事。這些幕後功臣，缺一不可。

導演：讓新聞報道順利播出的靈魂人物，控制整個流程，也負責透過耳機和主播溝通，給主播指令和指示。

編輯：負責編排播出的新聞內容和次序，突發新聞發生時協助導演告知主播最新消息，因為主播獨處新聞廠未必能及時得到最新消息。

電視城古裝街留影，疫情期間常常跑到這裡「抖抖氣」。

打手：主要負責出字幕，非主播控制的部分都是由打手負責，盡量要做到講者和字幕出現時刻一致。

場務：控制鏡頭轉換、移動佈景板。

Audio：負責控制音量、什麼時候開啟或切斷主播咪聲。

主播們和這班幕後英雄合作無間，打成一片，關係不錯。我一開始在電視台工作，就多了一個名字——Maximum，發音很像我的中文名麥詩敏。第一次聽

到我真的笑了出來，又幾貼切！為什麼多年來從沒想過呢？聽說是一位導演幫我改的，後來一個傳一個，導演們在耳機都會叫我Maximum，非常搞笑。

我除了和工作團隊關係不錯，和主播間相處也大致和諧，較志趣相投的同事會私下吃飯或做運動，和主播電視劇的勾心鬥角大相徑庭。至於上司、前輩，我對他們是尊敬、服從的。我認為尊師重道很重要，電視劇中臨直播報道新聞前突然站起來，和上司吵架的情節從未遇過。當然，電視劇為求劇情刺激，肯定要誇張一點，明白的。

「蜜月期」期間需要不斷在公司的後備廠裡練習，那裡叫24廠，冷得誇張，每次都要拿著厚厚的披肩去練習。由於前輩們都忙著報新聞、做自己工作，未必有時間照顧新主播，所以新主播們通常都是一個人練習，有不明白的地方要主動問。

當時一位前輩的一句話：「寧慢勿錯」，遇到不熟悉的稿子或以免吃螺絲時就慢慢讀；也記得請教過另一位前輩，她叮囑我報道前要完全明白故事內容，要首先令自己明白該新聞說什麼，才可以說服觀眾。

新主播每練習幾天就要把練習片段錄低，直到上司認為滿意才可正式上陣。那時期雖看似「蜜月期」，對當時的我來說卻是「遙遙無期」。練習再練習，錄了一隻碟又一隻碟，卻換來一次又一次的失望。壓力很大，很想快點正式報新聞，卻不知什麼時候上司才開綠燈。公司練習完後，我沒有鬆懈。每天回家都會拿著報紙增強新聞知識，同時繼續練習發音，看新聞報道學習主播們如何說話。拿著錄音機錄起自己的表現，再檢討自己。

幸好家中有位幕後軍師──爸爸。 爸爸從事電視主持工作多年，知道如何在電視中表現得更好。

提醒我要慢慢讀、不要急。口形誇張一點才能清楚發音，要有停頓位，這些我現在都牢牢記住的。爸爸是專業人士的確有點壓力，但壓力也是推動力，才能成就今天的我。

除了是幕後軍師，爸爸也是我的頭號粉絲，起碼看了我九成的直播。Day 1開始就在電視機看著我，還很喜歡把我截圖。完了直播回到座位，手機裡總會收到幾十張照片，都是我在電視上的樣子！

練習約一個月，不斷練習，不斷試Cue，老細終於開了綠燈。新主播初來報道，通常都是深宵新聞開始，也因普遍認為是較少人看的時是新主播鍛練的好時機。

2015年5月19日是我第一次正式出鏡，第一節新聞報道是深夜12時正。第一晚，當然要給人好印

製作團隊所在的控制室，和
電視劇看到的場景大同小異。

象，我記得當晚晚上10點就回去化妝準備了。化妝後剩下的時間就看稿子，我看著電腦裡一篇又一篇的稿。嗯，來打大佬了！

終於脫離「蜜月期」，正式踏上「主播之路」，又驚又喜，難以形容的感覺。不斷看，不斷讀。再不斷看，不斷讀。讀著讀著，看看時鐘，23點54分了，差不多要入廠。心異常的跳，腦又亂起來。感覺整個人迷糊了。在問自己，現在是真實的嗎？入了廠，和之前一位同事緊緊交接，座位到我來坐了。確保咪、耳機都戴好，和導演對好位。再看看時間23點57分。還有幾分鐘。我告訴自己冷靜點，慢慢讀，當是練習時就可以了。

我深呼吸一口，耳機傳來新聞片頭聲音：「嘟嘟嘟嘟嘟嘟嘟……」，緊接著導演的聲音：「3、2、1，cue ！」。

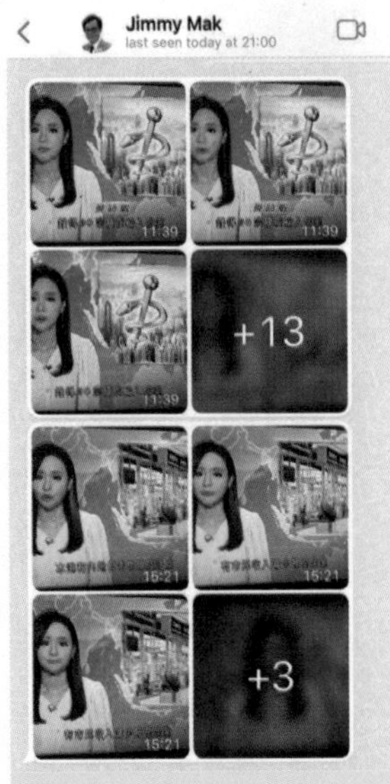

父親是我的頭號忠實粉絲，每次直播必定捧場。

「各位，我係麥詩敏」。

就這樣，我第一次和大家見面。第一晚表現當然很差，現在回看都會打冷震。螺絲、錯字、口窒百出。完成一小時直播後，真是累得很，背部也僵硬了，相信是過度緊張做成。早上6時收工，人生中第一個通頂就給了大台。

1.3 主播的衣帽間

由於主播代表電視台，出鏡儀容也很重要。科技日新月異，自高清電視引入後，電視上畫面清晰度極高。主播臉上、身上所有瑕疵都會被高清鏡頭展現得一覽無遺，所以主播妝容有問題就會立刻被觀眾發現，必須整理好。「主播妝」是怎麼化的呢？

其實和出街妝容大同小異，不過是超濃版。分享一下我的「主播妝」流程：先化底妝，通常是粉底液加粉底膏，再加重點遮瑕，所以妝感會較厚，但也比較持久。因為妝容要撐到放工，起碼9小時，所以持久度很重要。然後胭紅、陰影也要重手，廠燈超強，一打到臉上什麼輪廓都沒了，要靠化妝繪畫出來，所以真人看的妝容的確會誇張一點。之後就是眼妝，我喜歡粉、啡色眼影，加上一條粗眼線，然後以睫毛點點睛就夠精神了。最後塗上唇

我的日常主播 look，白色外套是我的最愛。

膏，「主播妝」就完成。逐步逐步化，都要約45分鐘。最慘是卸妝，回到家我通常卸妝三次才乾淨。

髮型方面要求以往較嚴格，都是清一色及肩的「主播頭」。現在較寬鬆，主播髮型有點變化，可以弄曲髮，只要整齊就可。我多年來大部分時間都是直髮造型示人，因為我覺得曲髮令我看來太成熟。很多人可能留意到主播髮冠部分通常較蓬鬆，不會太貼面，我當時也是這樣子的，因為臉會看來瘦一點。

那麼如何弄得蓬鬆一點？就是要靠「夾粟米」，令髮量看來多一點。可是，我試過因為長期「夾粟米」導致頭髮嚴重受損。有些同事會用頭髮片取代「夾粟米」的程序，我自己則喜歡用俗稱「蟑螂」的墊髮器夾在頭髮底層，也可令髮量看來多一點。

拍攝節目前，髮型師和我在化妝間的一刻。

我也試過一排紮起頭髮播新聞，可是只維持了幾天，都是打回原形，還是本來造型較專業。長度方面，主播留短髮可能看來較清爽，主播們很多時都被提點頭髮太長，要剪頭髮。顏色就以深色為主，染得太金有可能被責備。試過讀完一節新聞收到上司WhatsApp，說我頭髮太金，要染回深色。

主播專業形象塑造

雖然對主播妝容髮型有要求，但也明白的，主播始終要形象專業，跟藝人不一樣。很多人問，主播有專屬化妝師嗎？需要自己化妝嗎？很幸運地是

有的，大台的髮型、化妝師除了幫藝人梳頭化妝，也會到新聞部專屬化妝室工作。

大台的髮型、化妝師普遍專業，我自己通常都讓他們操刀。還記得試過上班遇上皮膚過敏，臉部又紅又腫，化妝師也能幫我還原靚樣，十分厲害，真的要感謝他們。很多髮型、化妝師也會和主播們打成一片，像朋友般，所以化妝時間可算是開工前輕鬆一下的時段。

除了妝容重要，主播也很注重衣著方面。普遍要穿著斯文大方，西裝褸最穩陣。曾經試過報道新聞期間，收到上司WhatsApp，說我的上衣太casual，要加件西裝褸，嚴格程度不遜訓導主任。報道新聞時，下半身基本上在鏡頭前看不見，很多人都穿得輕便一點，牛仔褲或波鞋也沒問題。而報天氣的時候見到大半身，主播們通常穿裙子。

呈現新聞主播的下半身，同場加映搞鬼同事。

而顏色上要配合不同的節日或事件，例如農曆新年要穿得大紅大紫一點，死人塌樓新聞就要穿沉色、素色一點。沒什麼特別事件發生的日子，主播傾向多穿鮮色一點的衣服，在鏡頭會顯得活潑精神一點。

可是藍色我們要避免，因為廠chroma key(色鍵，去背合成技術，把被拍攝的人物或物體放置於藍幕前，並進行去背後，將其替換成其他背景)的佈景板很多時是藍色的，穿藍色的話就會很難key，所以藍色很少穿。有一些廠的佈景板可能是綠色，所以綠色就不能穿，因廠而異。

由於主播天天都要以不同服裝見人，當時有安排主播到服裝間借衣服，初期我也是常客，很有恆心的天天借。即使走的路程很遠也天天借，久不久也會借到名牌外套，挺開心的，可是漸漸對款式厭倦了，之後就索性自己買吧。

綠色 Chroma key 佈景板。綠色衣服要避免。

常常要自己添衣，所以淘寶成了我們添衣的好朋友。初時對網購一知半解，買回來的衣服都不合身，全部統統轉贈他人。後來慢慢拿捏到尺寸，還要懂得看買家的真實留言和照片才買，最後淘得出神入化。西裝褸、裙子、上衣，應有盡有，價錢也十分便宜。$20一件西裝褸，$40一條裙子，便宜得誇張。

買下買下，多年來起碼過百件。雖然現在離開了主播行業，這些陪我走過風風雨雨的戰衣仍舊安放在衣櫃中，捨不得把它們送走。由於現在還有不少主持工作，有部分現在還會用得着，繼續陪我走下去。

主播廠內日常

主播每天做的事，當然就是報新聞。觀眾們看新聞台那藍藍綠綠的廠景就是主播每天工作的地方。觀眾們應該wide shot看到整個主播台呈半弧形，算是很大的廠。主播台後面有其他組同事工作，所以他們都要很安靜，以免影響直播。

很多人會問主播們為什麼那麼厲害，對著鏡頭不停讀，把稿背了嗎？其實並不是，主播們有偉大的字幕機，字幕會出現在鏡頭上！從爸爸口中得知，字幕機已有多年歷史，他年輕時即約80年代已經存在。字幕機的出現取代了以往要靠手稿報新聞。

坐在主播桌上，眼看字幕機，主播腳下有個腳踏給主播「踩cue」，即踩字幕。一踩，字幕就會向上跑。主播讀的那一句和熒幕上出現的那一句字幕是同步的，讀完一句就再踩，所以報道新聞其實要眼、口、腳完美協調。

踩字幕和駕車有異曲同工之妙，都講求協調。踩下、剎下、停下。而用腳控制字幕機的搞笑之處是，腳踏和氣球一樣，踩得多會泄氣。因此不時要請工程同事幫忙充氣，否則有可能控制不到字幕機而令報道失誤。萬一腳踏故障，其實也有後備手掣供使用。也聽聞有其他電視台新聞部字幕機普遍用的是手掣而非腳踏。其餘屬於新聞片段內容的字幕部分，就由控制室的打手負責。當然，字幕機也有失靈的時候。所以主播通常會帶備手稿入廠，以防萬一。

主播練習中重要一環，就是「踩cue」要踩得很準，否則顯示在熒幕上的字幕，就和講的那句不協調。新主播練習時也要關注這一點，字幕和旁白的吻合度很重要。試想想，觀眾看新聞時，字幕太早

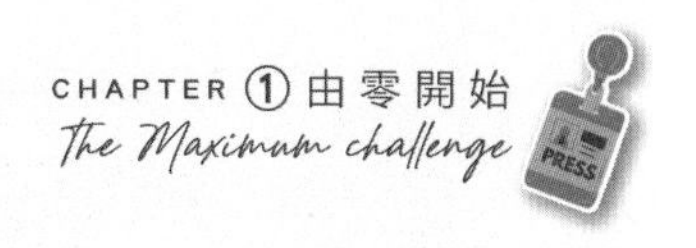

太遲出現也很影響視覺效果，甚至影響觀眾理解新聞的表達。

人有三急 咳嗽 打噴嚏

觀眾們很愛問主播人有三急怎麼辦？忍不住想咳嗽、打噴嚏會怎樣？

一節新聞大約30分鐘，廣告休息時段只有約三分鐘。主播沒可能在三分鐘內離開新聞廠上廁所，人有三急的話只好忍忍。所以主播入廠前通常做好準備，去完廁所才入廠。因為有時候不是讀一節，連續讀兩節的話，要報約一小時的新聞，如何忍？當然，凡是總有例外。聽說過有舊同事不舒服，忍不住即將嘔吐。導演找到合適空隙時段請另一位主播緊緊交接，讓該生病的主播休息。

忍不住想咳嗽、打噴嚏又會怎樣？我盡量都會

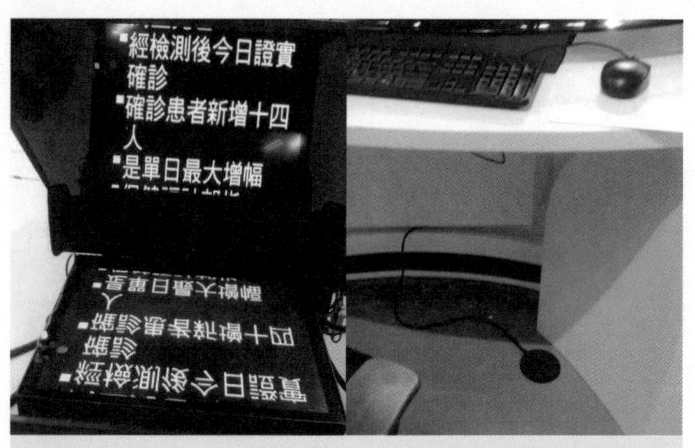

字幕機是長這樣，主播需要自己「踩 cue」來顯示在熒幕上的字幕。

忍著，完成報道才咳。忍不住的話也有終極法寶，就是運用主播桌附近的一個按鈕：咪cut。顧名思義，按著這個按鈕的話，主播咪就會被cut掉。

所以主播可以按著咪cut咳嗽、打噴嚏，聲音就收不到了。

編輯的話

至於是誰決定主播報道的新聞內容呢？就是前文所提及的編輯。一節新聞cast約30分鐘，中間會插入約3分鐘廣告。一節新聞內容通常包括港聞、

財經、外電、體育，次序由編輯決定。主播初期，我最怕的就是編輯同事。

報道期間，編輯發現主播讀錯會即時透過耳機要求主播更正或指出錯誤。由於初期表現錯漏百出、滿地螺絲，編輯幾乎天天都會罵我、更正我。

報新聞初期，犯了很多低級錯誤，例如懶醒見到愛爾蘭首都「都柏林」，以為打多了「都」字，讀了「柏林」，結果編輯即時叫我更正。後來Google一番才知道是Dublin的譯音「都柏林」，和「柏林」是兩個完全不同的地方，差天共地，只怪自己才疏學淺，經驗不夠。很明白作為編輯，看著這樣的主播，真的會氣死！

另一個主播們常常出錯的就是讀錯「總理」和「總統」，我也不例外。「總理」和「總統」只是一字之差，報新聞初期對人物和職銜又不熟悉，口快快就把「總理」讀成「總統」,「總統」又變「總理」。有一次通宵報道期間，把印度總理莫迪讀成總統，編輯立刻發了瘋似的透過耳機大叫「總理啊！總理啊！快點更正！」

後期對時事人物漸漸熟悉，又開始淡定，這類錯誤越來越少。另一個氣死編輯的常見錯誤就是金額單位，十萬元、十億元、十萬億元。字幕機上字多數字又多，很容易看少讀少一個單位，出來的意思卻差很遠。編輯也會即時提點，盡快補救。

不過回想一下，沒有他們也沒有今天的我。他們更正我都是把我從錯誤中矯正，讓我不會重蹈覆轍。編輯和主播其實也是互相幫助的，主播也有責任確保內文正確，有問題就要經廠內電話通知編輯。而主播通常一次過報道一至兩節新聞，三節就會太累。試過人手不足時常常要一次過踩三節，真的累到無法集中，瘋狂食螺絲！

主播的包包

主播們一讀就至少讀30分鐘，主播桌就是主播的辦公桌。有什麼要注意呢？有什麼入廠必備呢？我個人的入廠包包就有這些：

- 耳機：和導演溝通的工具
- 水：不停講話，肯定要保持嗓喉濕潤
- 紙巾：廠內冷氣大，可能會流鼻水
- 化妝品：確保妝容不化掉
- 紙筆：為突發現場新聞做好準備

回想起讀了那麼多年新聞，廠內趣事都不少。例如我常常臨讀新聞前打翻水杯，椅子下地板全部濕透，要趁著廣告3分鐘趕快抹乾，導演透過熒幕見到我突然蹲下擦地都會透過耳機取笑我：「又打翻水了？」

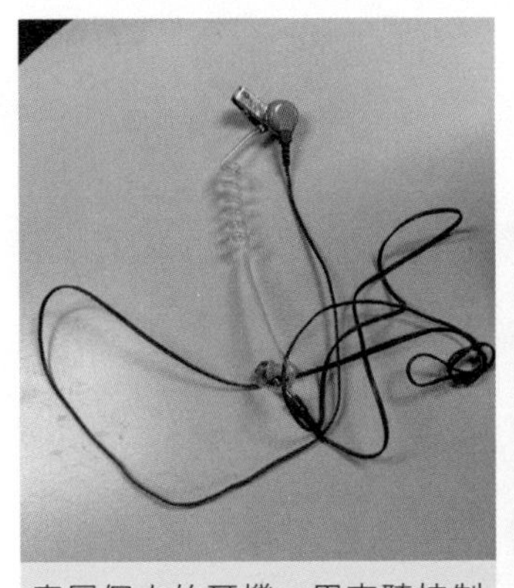

專屬個人的耳機，用來聽控制室導演指令，笑聲罵聲讚美聲，統統透過此耳機傳到耳中。

回憶裝滿的抽屜。

又聽聞過有主播的智能手錶直播期間突然「說話」，發出聲響，把他自己也嚇到，從此上司都提醒主播不能帶發出聲響的儀器進廠。至於手機呢？當然也不允許，但都市人個個手機不離手，不知主播們能否真的都做到呢？

突發現場 一段新聞的誕生

很多人問主播每天不斷讀不斷讀，不會很悶嗎？有時候吧。當主播遇上突發現場live就一點都不悶，還考驗主播的應對能力！

有突發事故發生，採訪主任會即時調度人手，安排記者立刻到現場跟進。採訪主任安排記者抵達同時，也會安排crew車以最短時間分別到達，如果比記者早到，就會先拍攝現場畫面。

一有突發交通意外現場訊號，主播就要馬上進行旁白ad lib，形容現場畫面。有一次遇上塌樹現場live signal，非常突然，什麼資訊也沒有，只好盡我所能看畫面，形容塌樹環境、塌下情況、救護消防工作進度等。

主播描述眼前畫面也要相當小心，只能陳述肯定正確的事實，如不是百分百肯定，就盡量避免。由於主播在廠內應付現場live signal，根本沒有時間、渠道搜索最新資訊。緊急關頭，廠外的記者、編輯、主播等也會齊心協力，一起以最短時間，尋找最新發佈和資訊，再轉達主播。可能你會問：現場記者是否可以協助主播搜集現場第一身資訊呢？完全沒錯！主播知道現場記者到達就最開心了，簡直是救星，因為可以把報道的重任交給記者。

除了意外現場，另一種的直播就是有人物講話或會議直播，都要跟觀眾一起看現場。主播不能和觀眾一樣真的坐著只看現場，需要記下重點，然後再跟大家總結一次。例如大部分星期二早上九時多例行舉行的行政會議，特首大多數會有發言。主播都要認真聽，然後即時做個小總結，事前並沒有鱔稿，要自己即時寫。我又曾經負責北京人大會議總理記者會的直播，總理說完一段我就要立刻記下並以廣東話翻譯。

初時應對live真的超級害怕，又要聽又要寫。最怕有時候講者說的很快或口音較難聽，真是未必寫得夠快。所以最後練成一定要打醒十二分精神去聽，還有快速用「摩打手」寫筆記。很多時，總結完

回到廠外細看自己筆記紙上的字跡都會偷笑，心想我剛在寫什麼？

新聞台24小時運作

我提過24小時新聞台需要「大量」主播，其實「大量」都只是十幾個罷了。

高峰時有約15、16個，碰上離職潮可能只剩9、10個左右。再遇到主播要清年假等情況，上班人手就會嚴重不足，導致主播OT或無假放的情況頻繁。大台員工基本工作時間約10小時，主播也不例外。

83新聞台是24小時運作，2人通宵，其他人就分工全日新聞cast。一天大概需要8、9人上班，周末較少財經節目和新聞，人手可以少一點，5、6人也足夠。由於是輪更制，紅日、周末也肯定要有主播上班。出更表前，主播可以告知編更同事想哪天

報道現場 live 新聞後的筆記。

放假，規則就是周末只能放一天。我通常申請星期六，因為那是我的拍拖天。雖然聽落很慘，紅日無假放，但其實有時候是很享受的。

農曆新年期間上班，迎來就是一個接一個喜慶的直播，例如記者在酒樓感受市民拜年情況、花市人山人海畫面等，很有農曆新年氣氛，還有不得不提就是可以上班期間逗利是！每年農曆大年初二早上的車公誕政府求籤活動，我也在早晨新聞時段經歷過好幾年。除了要熟悉和旁述求籤流程，也要留意現場情況，立刻說出求出是哪一籤，並為觀眾立

刻報道最新狀況。

雖然無法親身感受氣氛，旁述期間看著直播畫面就彷彿置身現場。儘管紅日上班有另類樂趣，可是就是因為這不穩定上下班時間，導致很多朋友都抱怨我不能出席聚會，10次聚會只能去到2、3次，變成獨家村。

由於紅日、周末也要上班，主播都儲下不少假期，好處是可以「一炮過」放。我就歡把假期儲起去長旅行，都幾爽的。試過一放放兩、三星期，過去幾年就分別去了美國、澳洲、瑞士和英國，透透氣。

很多人以為新聞是錄播，其實不是，大部分都是直播，除了一些預先錄製的小節目。主播準時入廠是必須的，通常最少5分鐘前要入廠，否則導演就會大大聲在廠外開咪廣播：「無主播！無主播！主播入廠！」，然後全世界就知道有主播不準時。報道新聞以外，主播工作也包括天氣、錄影節目等，所以真的很佩服編更的同事，不容易的。

更份方面，主要分為早、中、晚、通宵。

最早是早晨新聞更，凌晨4點左右要到達電視城。早上約8時到下午1、2時大概有4、5位主播上班輪替。晚更的主播大概4、5點上班，大約2位。這樣，就撐起了新聞台一天的運作。交通津貼是有的，但只限上下班時間介乎凌晨12時和早上6時的更份。無論員工的士金額幾多，津貼金額都是同一數目，有突自己貼，所以住得遠的同事都幾「重皮」。由於是輪更制，主播很多時都會追更，例如星期五放凌晨12時，隔一天星期日可能要返早上5時，這都是主播必須習慣、接受的。

可能你會奇怪，為什麼我沒有提到午飯時間？是幾點呢？答案是，主播根本沒有什麼午飯時間或晚飯時間。新聞台年中無休，午飯時間也要有主播報道新聞，哪有時間三五成群去食飯？

主播們通常有空檔就去飯堂買外賣回到新聞部，在座位一邊玩手機，一邊吃。電視台有三間餐廳，「大can」最大、最便宜。我就最喜歡「大can」的兩餸飯，我愛吃蔬菜，經常叫「大can」的叔叔給我「菜底」，叫到他也認得我，都會「自動波」給我「菜底」。另外兩間餐廳價錢稍微貴一點點，也坐得舒服一點點，久不久也會見到藝人明星「打躉」。另外電視城也有一間便利店，方便晚更或通宵更的同事買食物，因為晚上9時後，所有餐廳都關閉。

1.5 中東呼吸綜合症

通宵更是大部分主播生涯的最開端，持續時間因人而異，我自己就維持了近一年才完全脫離。我人生中難忘的一夜，就是在一個通宵更的夜晚發生。

當晚本來是一個平靜的夜晚，如常地報道新聞。當時中東呼吸綜合症剛開始肆虐，是一個相對新的醫學名詞。對當時的小主播來講，有點難度，已經在報道前對著稿子讀了幾遍，「中東呼吸綜合症……中東呼吸綜合症……」。

雖然已對它多加留意，仍被它難到了。當晚約12時半，大部分同事如常的放工，我就如常的坐上主播位。雖然開始當主播約一個月，我還是如常的有點緊張。看著字幕機上的「中東呼吸綜合症」字句，要開口讀出這新名詞之際，腦袋突然一片空

白，加上有點瞓，又有點心急要讀完這句，突然發台瘟了！我竟然讀成了「中東呼吸……中級呼吸中東……呼中級呼吸中東呼吸綜合症」！

經過一番、兩番、不知多少掙扎後，我勉強地成功更正。那一刻，我幻想到控制室裡的同事應該笑到我臉黃了。我自己也覺得很傻，我真的好想躲到桌底去。不開心了整晚，回家時安慰自己：大家不是說深夜12時沒人看新聞嗎？應該無人看到吧，然後就入睡了。

第二早一起床，第一件事就是和大部分人一樣，賴賴床、看手機。一亮起屏幕，哇，WhatsApp短訊多到嚇死我，朋友們都紛紛傳送片段連結給我。原來我估錯了！大家估錯了！深夜12時是有人看新聞的！片段被廣傳了。我心想，今次大件事！一按入連結，網民的批評、留言越掃越多，大部分是在恥笑我，說我不夠專業。一個一個的留言，就像一把一把的刀插到我心裡。有的說得真的很難聽，踩得很盡。當時23歲、弱小的小主播怎懂得應對網上輿論壓力？我立刻在想，我是否適合再繼續做這份工？是否入錯行？是否永遠都會俾人笑？上司會否辭退我？會否責罵我？幻想出來的情節在腦袋中一幕幕上映，瘋狂胡思亂想，那時候可算是人生低潮。

翌日回到公司，頭也不敢抬。感覺全公司的人都會望著我、取笑我。回到座位，同事們輕輕和我說：「沒事的，經一事，長一智，下次小心點就好了。」我的眼淚頓時在眼眶打了個轉，同事們竟然沒取笑我，很明白我的情況和心情，都紛紛來安慰我。時間慢慢過，事件好像漸漸被遺忘，一直都沒有人重提事件。但的確，我上了很寶貴的一課。同事說得對，經一事，長一智。我不會再犯同樣的

錯，不會再重蹈覆轍。另一方面，也學會身為公眾人物如何調整心態，面對輿論、外界壓力如何處理。

後來，網上有人就事件惡搞，把這醜事改編成歌曲，我只是一笑置之，沒什麼感覺了。回看曾經很天真很傻的自己，都是得啖笑。很多人問我介不介意再提起事件，我不介意，已經過去了，只是成長過程中的一塊小石頭，輕輕摔了我一下而已。

1.6 最苦的通宵更

說到工作中最不愉快、最抑鬱的時期，我很肯定地說，是初入行每晚要通宵工作的一年。剛踏入一個嶄新環境、全新行業，我非常不習慣，人、事物、工作都要重頭適應。

除了經歷中東事件，主播初期表現差，壓力很大、情緒極度低落。加上日夜顛倒，心理和生理狀況也糟得很。早上6時放工回到家，日光日白，難以入睡。碰上樓上日間有裝修工程就更慘，等於完全無得睡。

2015年通宵時分還未是全現場直播，有部分是錄播的，所以只有一位主播上班，不像現在有兩位主播輪替。那時候凌晨12點至1點的新聞cast非常重要，因為錄好了就有部分用作重播。由於會用作重播，編輯和導演會要求這一節內容完全沒有錯，

有錯就要重錄，錄到完美為止。可是，一節完美的cast對於新主播來說，確實有難度。

至少對於當時的我來說，真的很難做到。初期的我螺絲、口窒百出，又緊張、又生硬，常常被要求重錄。什麼時候重錄呢？就是爭取在廣告時段的大約三分鐘時間裡重錄。那時候我真的很崩潰，三分鐘時間那麼短，未必可完全補錄所有錯誤。

補不完的話就留待下一節廣告時段補，而在補錄期間又未必有時間預習下一部分的稿子，然後後面的稿子就有可能因為練習不足而出錯，完全是一個惡性循環。我試過一直不斷在補錄，錄不完再等下一節廣告時段再錄，最後錄到凌晨一點多。最不好意思的是，連累到控制室的工作團隊也要加班。自己的錯連累到其他人，壓力無比的大。

通宵留影，入行初期的短髮造型。

返通宵更的時候也發生過一段小插曲，而這插曲大大增加了我的壓力。讀了幾個月，我被要求「脫產」練習。我被告知我的表現很差，分句、語調、尾音全部不及格，要「脫產」練習，意思是要立即暫停工作再重新培訓。對於一個新人來說，這是一個很大的懲罰，是很大的打擊。感覺就像學生讀書成績差，考試不及格要留班。「脫產」期間我加緊練習，了解我的不足之處，務求儘快重回崗位。再練習了一段時間，我重投通宵更的懷抱，誓要做個好主播。

後來，為了令新聞報道更快、更準，通宵錄播新聞的做法被改革，變成了全現場直播。這也意味著一位主播一定不夠，需要最少兩位主播返通宵更，輪流報新聞。個人認為對於主播來說是好的改革，因為沒有了錄播的壓力，而且通宵時段多一個「伴」工作，肯定歡樂一點。而且這也百分百保障新聞報道順利播出，肯定有第二位主播候命。

試想想，如果只有一位主播值更，萬一主播突然不適或出現事故，誰能替補呢？不過，新的全直播模式運作上需要的人手更多，包括導演、編輯、主播。所以剛落實的時候，大家都抱怨工作量增加了，因為部分人手被撥到通宵時分，人手變得更緊拙。

深宵時段的新聞部一般比日間少人很多，頗冷清的。等，寂寞到夜深，一個人感覺孤零零。試過壓力爆煲，趁無人在附近走到公司廁所悄悄地哭。由於長期通宵，相信是免疫力減弱，工作約幾個月得了手足口病，被逼休息一周，才算有個歇息的機會。通宵生涯就這樣繼續下去，持續了大概一年才完全脫離這日夜顛倒的生活。

CHAPTER

②

高山低谷

Anchor's Adventures

2.1 最怕讀太快 變足金「金」猴

務求令報道流暢，主播們都在入廠前做好準備，事前溫習將會報道的稿。網上流傳很多主播把「波羅的海」讀成「波羅嘅海」，「一語中的」讀成「一語中嘅」。這些情況很大可能是他們對一些地方名稱或用字不熟悉，因而出錯。雖然盡可能把稿讀熟，但新新聞、新消息，只會隨時更新。很多時主播讀到一半，編輯或導演會在耳機說道：「新稿，望望。」甚至沒有提示，新稿直接出現在字幕機。

這時候就算主播有多少經驗、做了多少年主播，都可能會被殺個措手不及。在沒有時間準備的情況下，我通常會讀得很慢很慢，嘗試抓緊機會，「一眼關七」偷看下一行的字幕，看得多少得多少，心裡不斷期盼不會有不懂得讀的陌生字，否則真是要「靠估」。

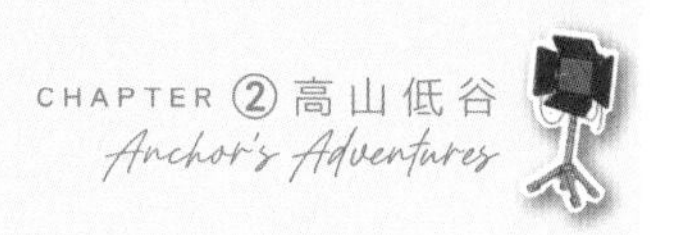

根據香港政府的常用字字形表，1993年修訂本重排本增收至4,762字。相信能全部讀出這4,762字的人寥寥可數，所以字典是主播的好朋友。遇到陌生、多音字或不肯定的字，主播們都會查字典，確保發音準確正確。較容易讀錯又印象深刻的包括：希臘應該讀成希「立」，而非希「獵」；渣滓的「滓」，正音為「子」，而非很多人讀錯的「宰」；歇息的「歇」發音不是「揭」，而是「蠍（hit3）」；三隻牛組成的「犇」發音和牛字完全沒關，第一次見到完全猜不到讀什麼，一查得知是讀「彬」。

除了新稿和陌生字眼，主播最怕遇到的，相信是一些發音敏感的字眼，一個不小心發音不準確就會變成其他意思。特別是主播睡眼惺忪地上班，還未熱身、未開聲的時候，很容易口齒不清中伏。

一個不留神，幾乎每天都會讀到的「交通消

息」、「港交所」就會變成類似粗口的發音，笑死人；「溝通」、「小溪」等都要慢慢讀，避免踏入陷阱，被淪為笑柄。因此我在每天開工的第一場報道前，必定會為嘴巴做做熱身，誇張地運動一下臉部和嘴部肌肉，又或者唱唱歌，開開聲。

廣東話尷尬發音

為了精短篇幅，電視台新聞編輯、甚至是報紙編輯，很多時都會將較長地方名縮短，例如英國曼徹斯特簡化為曼城，加利福尼亞州簡化為加州，但是遇上賓夕凡尼亞州，通常保留整個地方名，因為在廣東話發音實在太尷尬。

可是幾年前的一次，真是讓主播們避無可避。那時候碰上「中國海軍導彈護衛艦濱州艦訪問波蘭」的新聞。濱州市是中華人民共和國山東省下轄的地級市，位於山東省北部，渤海西岸，該艦就是以濱

州市命名的。不過，主播們都是專業的，位位都從容面對，沒有被濱州艦嚇到。

除了港聞外，外國新聞稿都是主播經常讀到的，因此主播經常碰到一些由外語翻譯過來的人名地名。大家知道外國人姓氏長、名字又長，名稱翻譯後合起來就超級長。

特別是我其中一個恐懼之一——體育稿，一打開稿子都是一堆名字，還要是長長的名字。足球、籃球賽事人數多，全部鬼佬譯名一次過集中在一隻稿，真是要格外小心。例如葡超足球賽事，士砵亭對維薛拿，一隻稿有足足7、8個鬼佬名：艾拔圖蘇路、法蘭斯高查卡奧、保連奴、艾斯恩迪、高亞迪斯、基奧基尼斯，齊齊報上名來。

除了人名，地名也是值得一提的。例如位於阿塞拜疆西南部的納戈爾諾卡拉巴赫地區，第一次見這地區名或多或少也有被嚇到，入廠前要不斷重複多讀幾遍盡可能令自己琅琅上口。

醫學名也是主播要關注的，如「漸凍人症」的學名叫「肌萎縮性脊髓側索硬化症」，真是要打足十二分精神去讀。主播遇見消委會記者會也會怕怕，因為驗出超標的化學物質名稱也殊不簡單。一次消委會測試市面香腸，當中有香腸驗出具致癌性的多環芳香烴，「烴」這個字真是見都沒見過，一查字典原來是碳氫化合物之總稱，發音「聽ting1」。小時候讀過化學，可是學的都是英文，見到都真是無從入「口」！

恆指秒秒鐘幾百萬上落

講到難讀的稿，不得不提提財經。個人認為財經新聞基本上不難讀，都是數字、公司名多。難就難在看財經版報數，特別對新主播而言，要花一點

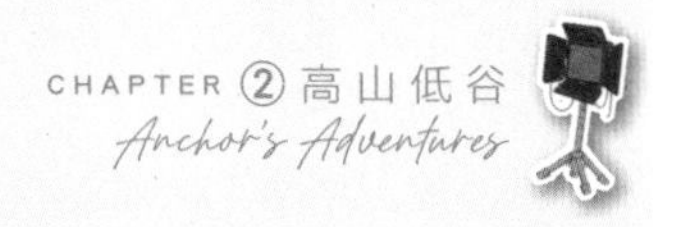

時間練習。

恆指報數有幾難啊？每天都是一萬五千、六千上落，照讀而已。沒錯，恆指是沒什麼技巧，但當遇到「十大最活躍港股」版就另一說法了。

特別是早上剛開市後交易時段，較多人買賣牛熊證，分分鐘一版五隻通通都是牛熊證，例如恆指瑞銀五九熊N(RP)、恆指瑞銀四十牛B(RC)等。主播遇上它們如何讀呢？並不是直接照字讀的，而是要立刻在腦海中來個大轉換。

通常有四款代號主播要牢記：CW、PW、RC、RP，分別代表認購證、認沽證、牛證和熊證。「恆指瑞銀五九熊N(RP)」，就會讀成「恆指一隻熊證」然後報數。

別忘記財經版分分秒秒也在跳，而且財經版基本上沒有得讓主播預早看看的，主播唯有死記，一跳到該版就要立刻讀，幾乎想的時間也沒有，所以主播們都要反應超快。初次報道時，見到牛熊證心跳立刻加速，腦子一片空白。

告訴自己，快點記起CW、PW、RC、RP分別代表什麼吧！

這一刻有點像小時候考試快到尾聲，分秒必爭和時間競賽的感覺。謝天謝地，最後還是「大步檻過」，順利讀出正確的牛熊證類別。幸好報數時，觀眾看的是圖表而非主播樣子，否則就看到我的「驚青」樣了。現在的牛熊證名稱其實已經簡化了，入行時期還要報埋該牛熊證的到期月份，讀版都讀了不少air time。而主播桌上一個小角落其實準備了「貓紙」，寫了提示，以防「牛熊」突襲！

「主播腔」

「主播腔」是怎麼練習得來的呢？正式準備當主播前，我都會不斷參考電視上新聞報道的主播們如何報道新聞。

這一點很重要，多聽多練習，留意他們的聲綫、語速、分句等。他們說一句，我跟一句。配合主播前輩的教導和指點，自己慢慢摸索，慢慢成型。

根本沒有教導「主播腔」的課堂，哪裡發音最好？哪裡停頓最好？句子結尾音調如何收尾？都是靠自己摸索。幸好我的聲綫本來偏向低沉，不用刻意調整。當主播初期，我的腔調也很不穩定。

又要控制不吃螺絲，又要控制語調，對於剛開始主播的我的確不容易。後來經驗慢慢累積起來，邊做邊學。上司也不時提點，例如我初期報道新聞時，容易把句子結尾音調像「唱歌」一樣拉高，上司會叫我多加留意。初期我在分句上也做得不好，上司也多次提點，後來也改善了。就是這一點一點的經驗累積，成功練成了「主播腔」。

2.2 傳說中的出鏡費

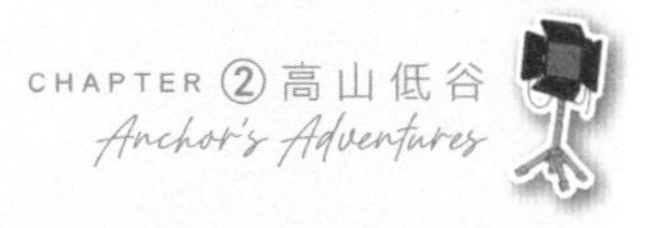

新聞台主播雖然主力負責新聞台，有時候也獲分派報道大台新聞。主播底薪低，我2015年入行時只有港幣13,000元，有額外的出鏡費當然很高興。負責皇牌一點的新聞時段能獲得較高出鏡費，有較高出鏡費的月份比起只收底薪的月份，可以高出約港幣20,000元，分別很大。

至於誰能獲分派讀大台新聞有出鏡費的工作，就由上頭決定，通常會根據主播表現和經驗分派。電視劇中主播常常「爭上位」，我覺得現實中並不存在，根本想爭也爭不到。因為主播表現有目共睹，上頭覺得你讀得好就可以「上位」，無人能左右。當然，有主播的確會「眼紅」其他人更快「上位」。若果真的想快點「上位」，我的建議就是檢討自己的表現、做好自己。讀得好就自自然然快快「上位」。

電視劇提到若果主播找到廣告贊助，廣告商就可以指定主播一說，我在八年生涯中未曾聽聞過。電視台有專業的銷售團隊負責廣告銷售工作，他們的銷售技巧應該比主播們專業吧。

入行第一個獲分派的大台新聞就是上午11:35和下午15:19的新聞環節，通常是新主播初登大台的第一個新聞cast。知道自己有幸登上大台，心中欣喜若狂，早一晚不太能睡。首次從每天進出的新聞廠，走到感覺高人一等的大台廠。難免有些緊張，始終是在大台首次亮相。

雖然收看下午時段重播節目廣告中間只有一分半鐘新聞的，通常是買完餸回家的主婦們，人群基數大，總是會有多一點人看到自己，一定要努力做好！「不用緊張啊！」導演看到我初次演出，可能見到我的驚青樣，透過耳機鼓勵了我一番。看著和

平時分別不大的稿子，心卻莫名的跳動了起來。聽著片頭音樂響起，導演熟悉的聲音倒數：「3，2，1，cue。」

那一刻，我正式在大台亮相。完成後立刻衝出廠，開電腦，重播自己剛剛新聞提要的片段，急不及待重溫自己表現。

除了下午時段，晚上穿插在黃金時段劇集中播出的也有兩節。由於是黃金時段，被選中的主播通常也會很開心，因為通常穿插在電視劇集中間，曝光率很高。如果遇上台慶、選美節目等收視再高一點時，曝光率就非常厲害了。

而其他較皇牌的新聞報道，例如午間、六點半、晚間時段環節，主力交由港聞組記者負責讀，有時候新聞台主播兼任或替更，當然也視乎當時人手而安排。不過，我也目睹過不少「甩cast」情況出現。主持該新聞報道環節的主播可能請了假，卻忘了通知其他同事頂替他，也可能因為溝通混亂，導致沒有主播替讀該節cast。

試過一兩次是在臨開廠5分鐘前才發現沒主播，採訪主任、編輯們百忙中都不知如何是好，最後找來新聞台有空的主播當「替工」。回想起都覺得「險過剃頭」，如果所有主播剛巧都在忙或去了買飯，沒人報道新聞怎麼辦呢？現在人工智能冒起，不妨考慮試試找AI主播當後備，可能在臨急關頭可以幫到手。

至於早上上班上學時段播出、深入不少市民心的早晨新聞，每天就由兩位新聞台主播負責。

「山頭文化」的迷思

電視劇中，各派黨的主播為「爭鏡頭」、「爭講

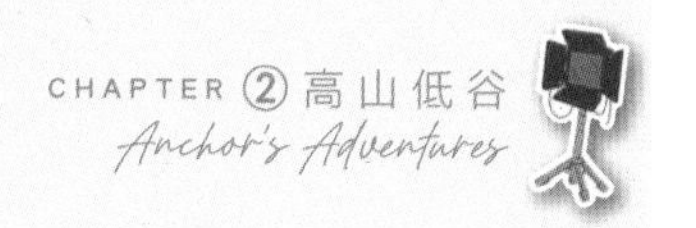

話」，無所不用其極，現實中新聞部真的分黨分派嗎？

大家喜歡用「山頭文化」一詞形容搞小圈子、拉幫結派。八年主播生涯中，我則不太看到這些「山頭」存在，主播間相處尚算和諧。和某同事較熟稔、較玩得埋，是很正常的事。其他行業、其他地方也會見到。

我也會和投契、志趣相投的同事較多交流。會一起相約外出吃飯、做瑜伽、打羽毛球。這未至於是「山頭主義」、「山頭文化」吧。可能你會看到其他前主播離職後大爆曾遭其他同事欺壓，和誰關係不好等等。我覺得這很看自己的個人造化。我的世界很簡單，上班就是做好自己的工作，不愛牽涉複雜關係鬥爭。

山不山頭，都是自己的觀點與角度吧。

2.3 早晨！唔好意思，末瞓醒，叫錯名

獲發通告通知即將要讀香港早晨時，真是嚇一大跳。香港早晨出鏡費算多，計算起來比之前多了一大截，超級開心。

得知新任務後我立刻詢問同事們有關早晨節目上下班時間、具體運作模式，做好準備。早晨節目歷時三小時，雙台聯播，雙主播制。播出時間由早上六時到九時，新聞和財經消息外還有交通消息、天氣報告。一位主力負責新聞，一位負責財經、交通、天氣。

一開始負責香港早晨節目，通常主要負責財經新聞、交通、天氣。突如其來的一大堆新嘗試，毫無經驗，只好不斷看前輩們過去演出，有樣學樣。我特別加密練習交通消息環節，因為當時是香港早

晨獨有的。這環節同樣是進行直播，沒有字幕，和觀眾一起即時看港九新界各區交通情況，例如哪裡有封路措施、哪裡有交通意外導致行車綫封閉等。

另外會報道運輸署行車時間顯示系統所顯示的實時交通資訊，顯示器的數值以三種顏色顯示不同的行車狀況：紅色代表交通擠塞，黃色代表行車緩慢，綠色代表交通暢順；主播要在沒有字幕提示下即時向觀眾報道。

之後主播要在後面的大熒幕按按鈕撳換畫面，跳到下一頁。很多人以為主播是假按的，其實那些是真的按鈕。不過，這些按鈕非常「古惑」，經常失靈。主播們要隨時準備「執生」，例如立刻改為和觀眾看外面路面情況，避過按鈕失靈畫面。看路面交通情況部分，畫面則會切換到運輸署港九新界不同位置的閉路電視攝影機畫面。

主播看著畫面上的道路英文代碼，然後要立刻在腦海中讀出到其中文名稱，例如看到「I EC/Ka Wah Ctr」就要讀出「東區走廊近嘉華國際中心」、「Kwai Chung Road」是「葵涌道近貨櫃碼頭」、「Tsuen Tsing Int」就是「荃灣路近荃青交匯處」。港九新界，加起來大大話話都有十幾二十個地方名要記，初時覺得很吃力、很難記。

但沒有辦法，沒有字幕機，只能死記。頭一段時間經常拿著貓紙旁身，但最後發現電光火石之間根本沒有時間看貓紙，都是要靠記憶，貓紙也放棄了。

天氣先生陪你睇天氣

除了練習交通消息，我也加緊練習天氣。雖然天氣報告對我來說不是新事物，之前已學會，但始終沒試過在這環節報現場直播的天氣，也得練習一下走位、手位等。除了看前輩們的示範，我不斷向

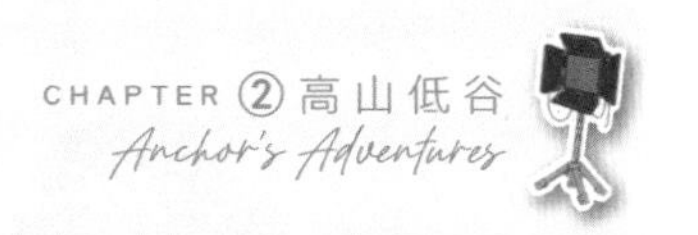

導演預約錄影廠練習。正式上陣前天天練習，嚴陣以待，希望做到最好。

經過一輪反覆練習和請教，終於來到香港早晨的第一個早上。大概凌晨3點半起床，4點左右到電視城，化妝吹頭，之後看看稿，6點同大家講早晨。第一天3、4點起床對我零難度，因為太緊張根本睡不着，沒睡過。由於香港早晨一坐就3小時，中間廣告時段僅有的休息時間也要幫忙做新聞錄音，去廁所時間也非常緊迫，所以主播們都會帶備一大袋所需物資進廠，例如水、噴髮膠、乾糧，以備不時之需。

我也有樣學樣，什麼都塞進袋中。早上大家都匆匆忙忙的，時間過得很快。化化妝、梳梳頭、裝裝水，忙著忙著，左搞右搞，時間到達早上5時50分，我和拍檔都携帶物資入廠，準備直播。一邊走入廠，拍檔同事知道我第一次肯定會緊張，一邊叫

天氣報告是現場直播的，事前要練習一下走位、手位。

我放鬆點。坐好後試鏡頭、試咪，感覺很奇妙，我竟然坐著香港早晨主播坐的位置！

第一次不從觀眾角度看香港早晨，而是換成和大家講早晨。深呼吸幾口，定定神，和拍檔快速綵排待會的開頭對白。為了確保零失誤，再和導演試試耳機和咪。時間差不多了，耳機裡傳來導演的聲音：「來了，3，2，1。」然後那家傳戶曉的片頭配

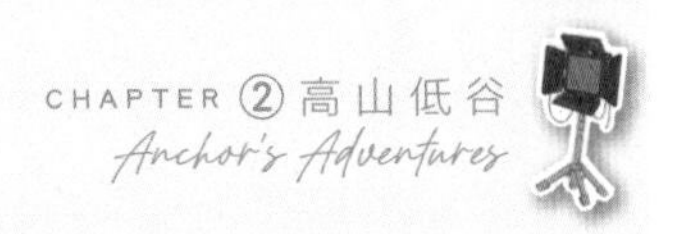

樂響起了。眼角瞧到拍檔同事已在旁邊挺起胸膛，坐得立正的看著鏡頭，我也立刻進入狀態，深呼吸一口，看著鏡頭說了第一句:「各位早晨！」。幸好和拍檔的那句「各位早晨」還算合拍，沒有二部輪唱，有個好開始。

整體而言，第一天的交通消息、天氣直播也沒什麼大問題，不枉我之前的多番練習，practice makes perfect。可是由於是第一次那麼早報道新聞，還未開聲，學會了早上要花多點時間開開聲。之前以觀眾角度看早晨節目的財經新聞環節，感覺沒什麼特別，就是報新聞而已。到真正上陣時，發現負責財經部分的主播原來不容易。一連串的財經新聞真的很累人，真的要非常夠氣。加上財經編輯很喜歡換故仔，轉個頭又換了。

打招呼的小插曲

香港早晨是雙主播制，當中不乏主播間的交流，例如節目一開始主播會互相打招呼，稱呼彼此名字。很不幸地，我試過在打招呼的時候叫錯拍檔的名字，兩人也十分尷尬；也試過某年年初二和拍檔向大家拜年的時候「炒車」，說了和綵排時不一樣的恭賀語，導致大家接不下去。這些片段已成網路上的經典，相信讀者或多或少有看過。

主持早晨節目多年，這些「蝦碌」遭遇都難免遇上，雙主播制很看默契，不只是兩人輪流讀。不過我還是挺喜歡雙主播報道模式，報道中途可以聊天、說說笑，很開心的。

疫情期間，由於政府實施社交距離措施，在熒幕上也要遵從一下。兩位主播的距離分開了一點，開場時彼此的祝賀語句也省略。措施實施以後，不

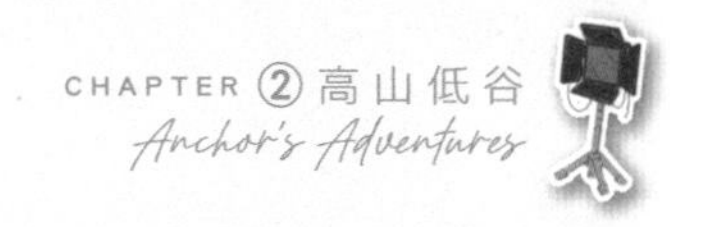

少觀眾也留意到完場時主播們不和對方講話，只會低頭整理紙張，以為主播們不和。其實保持社交距離，減少傳播細菌而已。

至於有些朋友問為什麼主播完場時喜歡把桌上的紙張豎起整理好？其實只是主播在等畫面切走、謝幕詞上完期間，打發時間的做法，否則眼定定看著鏡頭就很奇怪了。

新聞早更的愛與恨

返了一段時間香港早晨，漸漸很多早起的朋友們都留意到我進軍香港早晨，說我在電視機陪著他們換衣服上班、吃早餐，很喜歡把我報道早晨新聞時的樣子發給我。

香港早晨是一星期播6天，提供了充足的實習機會，一陣子已經慢慢習慣這瘋狂模式了。第一天打完3小時大佬，親身體驗到這馬拉松式的新聞報道，確實是累的。早上9時後，兩位主播就可以稍作休息，吃早餐。再多讀幾個新聞台的新聞報道，上午11、12點左右就放工。放工還有大半天私人時間，挺高興的。我喜歡吃個長午餐、做瑜伽，不過有時候會感到很累，那裡都不想去，只想找周公。

很多人問，究竟如何做到3時起床？我都一律告訴他們，當你一星期6天、連續兩個月要3時起床，睡眠不足，晚上8、9時睡覺絕對無難度。反而是剛轉更、還沒習慣生理時鐘轉變的幾天是最辛苦的，有時真的會完全睡不着，在床上輾轉反側。練成一項絕技：多累都好，上班都是看似精神滿滿，不能有倦容。

所以早晨節目對我來說，是一個又愛又恨的更。愛，是因為下班時間早，放工多了私人時間；

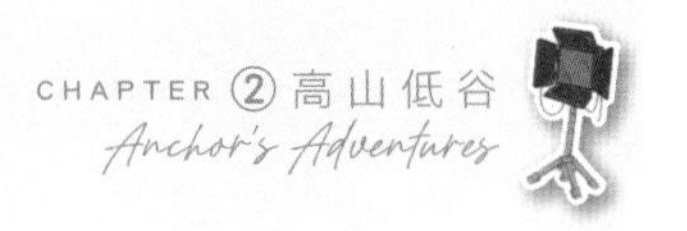

恨，就是工作模式辛苦，一返就連續返兩個月、一周還要工作6天。雖然調節到睡覺時間至晚上8時，但總有睡不着的時候。而且常常擔心起不到床遲到，壓力很大，導致午夜常常驚醒，睡眠質素差。我試過因為長期睡眠不足，導致耳鳴、暈眩。最慘是冬天返早，冰天雪地凌晨起床真是冷的要命；不幸再碰上女生「姨媽到」，又痛又凍，真是痛不欲生。不過，無論什麼狀況，都要硬著頭皮上班去。

疫情期間返香港早晨非常悶，有一段時間餐廳、健身室、美容院統統都關閉，天天放工沒地方去，無得做gym，無得facial。由於要凌晨3點起床，當時我晚上約8、9時就睡覺。非常感激家人的體諒，知道我需要早睡，都遷就我晚上6時吃晚餐，8、9時各自回房間不作聲。由於要早睡，很多晚餐聚會都難以出席，都是朋友們抱怨的地方。大台的盤菜晚宴，我只去過2、3次，因為多次都碰上

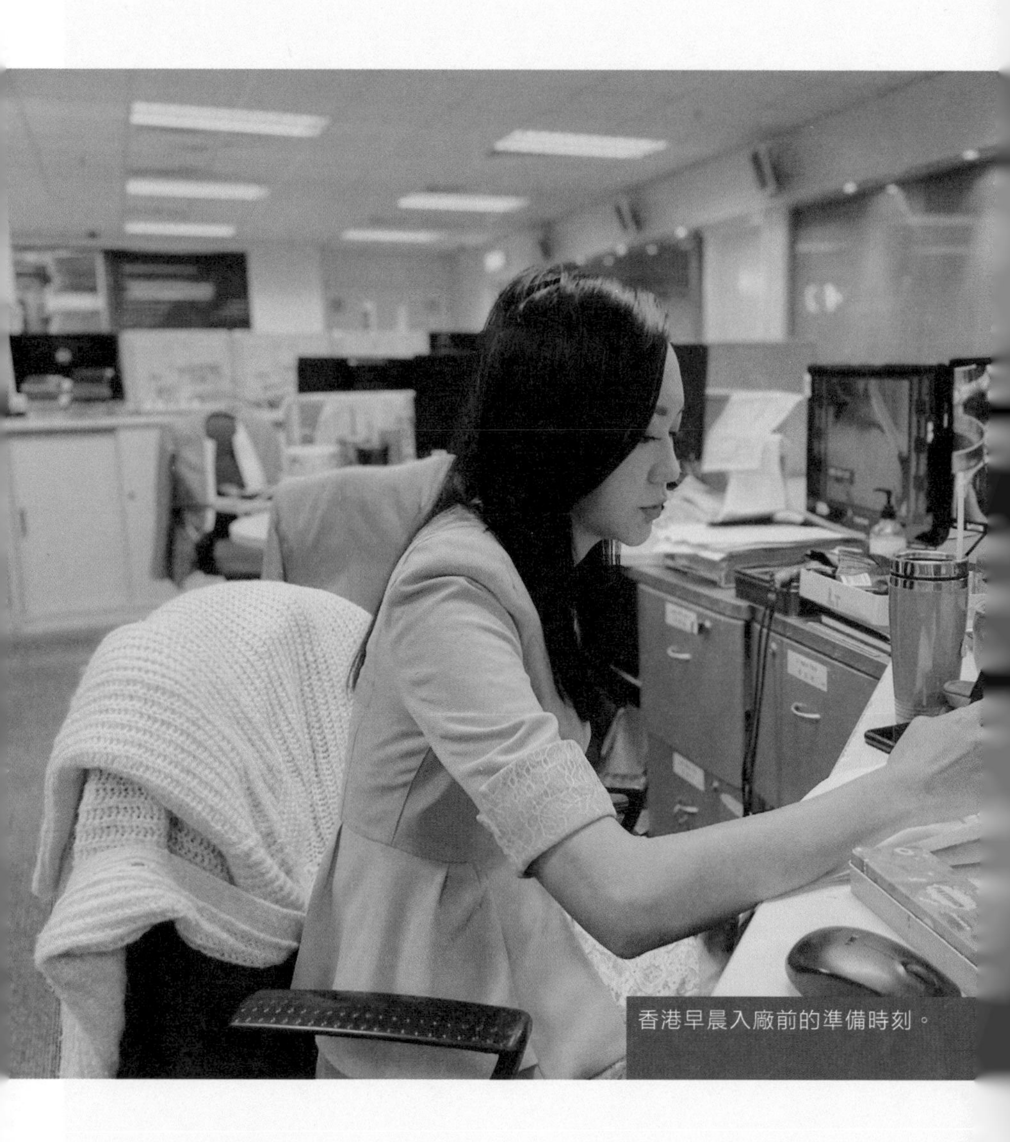
香港早晨入廠前的準備時刻。

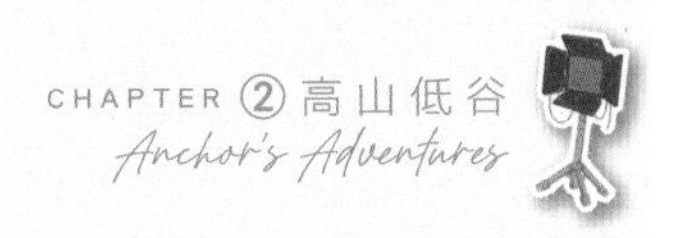

翌日返香港早晨，要早睡準備上班。眼見同事們在WhatsApp群組互相傳送出席完盤菜晚宴的照片，有得吃盤菜、抽獎，玩得興高采烈，其實很羨慕、很想去的。可惜工作要緊，還是早點休息吧。

夜更的話，晚上12時才收工，回到家洗完澡要凌晨一、兩時才入睡，有點晚了。除了出鏡費較多，而且放工後較多私人時間外，喜歡還有那份親切感。返香港早晨時段的工作團隊，包括導演、打手、編輯，都是來來去去那幾個，人手變化不大。

不少朋友曾問我喜歡返早更還是夜更？如果要我二選一的話，我還是喜歡早晨節目更。放工才中午12點，猶如多了大半天假期。而且我是一個morning person，習慣早起，早更更適合我的生理時鐘。

早晨節目主播每天只是那兩位主播，變相主播們和團隊幾乎日日見，自然變得熟絡，整個團隊就像大家庭一樣。有時候好幾天不見某位幕後同事，我都一定留意到，因為實在太熟了，少了誰也知道，離職時真的非常不捨得這大家庭。一周相見6天，見的時間分分鐘真的比家人多。當然，返什麼更不由主播挑選，還是聽天由命。

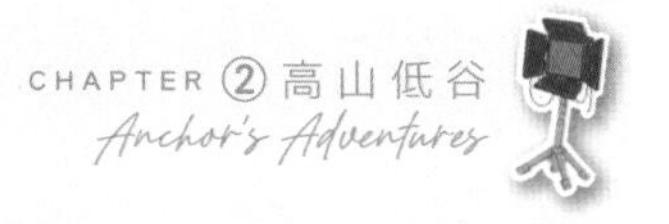

2.4 特殊天氣下返工

每逢遇上颱風天，新聞部都是超級忙碌。為了讓安守家中、守候電視機前的觀眾們掌握最新風暴消息，及時知道什麼時候改發更高風球、什麼時候落波，採訪主任、編輯們都在每分每秒追貼政府和天文台等的發佈，及時更新資訊。又要安排記者外出感受風力，真是忙得不可開交，新聞部頓時猶如戰場。

無論幾多號風球，新聞部員工都要如常上班。最印象深刻是有幕後同事冒著風雨上班，回到公司全身全鞋濕透，最後要在公司換上人字拖才舒服。記者們走在最前綫，可說是最辛苦且危險。主播們能坐在廠內不用對抗風雨，相對算是不錯，只需面對一連串、沒完沒了的稿，例如運輸署、教育局、考評局的宣佈，受影響的巴士路線、渡輪航綫的消息等。

不用硬食「打風附加費」

一眾打工仔可能很期待碰上颱風天，因為有風假或有得早退，幾爽。可是對主播而言絕不會有期待，因為根本不會有風假或早退。反而令主播頭痛如何搭車上班，因交通必定有所影響，地鐵可能停駛，的士可能加價甚至無車。幸好，新聞部知道員工們還要謹守崗位，通常會安排接送車，點到點接送員工上下班。不過很大機會要較原定時間早起，因為接送車會一次過接載幾位同事回電視城。當然，早起少少必定比無車搭好。

由於要和時間競賽，務求儘快發佈最新消息，員工未必有時間買飯吃。所以風球懸掛期間，新聞部都會提供免費「救濟飯」，每人一個來自「大can」的飯盒和一包飲品。Admin同事會逐組詢問有多少同事當值，有總數後就交到「大can」落單。差不多到吃飯時間，canteen姐姐就會推著一架載滿飯盒的

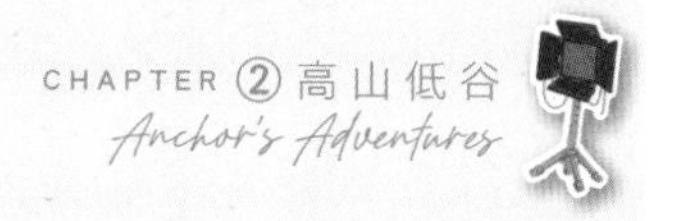

手推車送到新聞部會議室。

為了有更多飯盒款式挑選，這架載滿飯盒的手推車隨即會吸引到一群滿載希望可以挑到燒味飯的同事尾隨。不久以後，會議室就會大排長龍「輪飯」。主播之間也非常守望相助的，正在報新聞的主播可能無法及時排隊輪候，其他主播也會代取，好讓大家有飯食。不過，無論搶到什麼飯盒，燒味飯好、玉米肉粒飯都好。有免費午餐，也算是打風也要上班的一點安慰吧。

港人超強返工意志

令香港人較難忘的可能是近幾年的幾次超強颱風，這幾次我都有上班。2017年「天鴿」正面吹襲香港，當時天文台發出十號颶風信號。上班途中路上路面狀況惡劣，垃圾滿布，猶如災難片。

「天鴿」造成最少129人受傷，超過5,300宗塌樹報告，海陸空交通受嚴重影響，最印象深刻是報道過杏花邨災情嚴重，地下停車場竟被海水淹沒頂。本來如森林茂密的樹木，一夜間八成被連根拔起，可見破壞性超強。

2018年「山竹」也是十號波，持續足足10小時，為香港帶來極惡劣的天氣。至少造成458人受傷，不少於6萬宗塌樹報告。當時全港有逾4萬戶電力供應中斷，當中約1.3萬戶停電超過24小時，而一些較偏遠地區及個別樓宇的電力供應在四日後仍未能完全恢復。塌樹令道路嚴重受阻，巴士停駛，港鐵有限度服務，幾乎可以說是癱瘓了整個香港。

「山竹」打到，準備上班時還未打十號風球，還能找到的士。上班途中在的士上望出去，交通燈壞掉，整條路黑漆漆。馬路都是垃圾、樹枝等雜物，甚至見到整顆大樹倒塌橫臥馬路前，險象橫生。的

士最後繞過大樹而行，好像在玩真人版馬里奧賽車障礙賽。

網上經典流傳的改圖，港島堅尼地道某處，道路被塌下的大樹所擋，滿面瘡痍，寸步難行，更有一名打工仔在樹前疑似在盤算如何繞過，凸顯其返工心切。網民創意激發，把這相片無限改圖，改成一張又一張電影海報，並將此命名為《返工(Working after hurricane)》，笑言「踏上這無盡旅途」。

我也不禁苦笑起來，也幸好入行前已做好「打風都要返工」的心理建設。加上公司有車接送，不然我也會變成「返工2之收工」一員，在各大車站傻傻的呆等，和大家擠成一塊。

這兩個對很多香港人來說很可怕的名字，相信未來未必再聽到，因已雙雙被世界氣象組織永久除名。

2.5 技術故障

新聞報道是直播的，技術故障常常有，見怪不怪，例如字幕機偶爾失靈。我試過踩極字幕也不上，又試過字幕不停自己滑走，這都是主播的噩夢，因為這大大影響主播讀稿！

遇到這些情況主播要保持鎮定，轉為看電腦裡面的稿，取代字幕機。如果你看新聞報道時看到主播突然在鏡頭前低頭報新聞，很大機會是字幕機故障。除了字幕機外，「無片出」的情況也頻密。主播讀完新聞導言或內容提要後，導演應該把畫面換成播放新聞片段。可是，很多時候有機會沒有片段或很遲才去片。這時候主播不斷瞪著鏡頭dead air就很尷尬了，解決方法就是低頭看電腦，等控制室的導演和團隊去片。

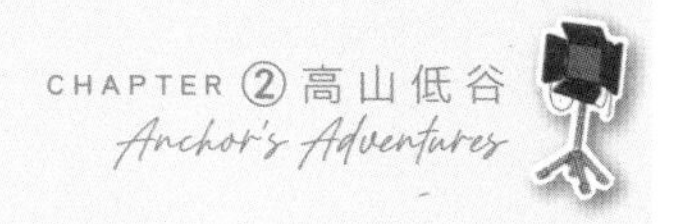

這情況出現機會挺高，我遇過很多次。每次低頭後都心想：「導演快D去片啦……」，直到去片後才能緩解尷尬。除了「無片出」，有時候即使去了片，也有機會在毫無預計和準備下，從新聞片中切回到主播畫面。因此網上流傳很多主播沒有看鏡頭，眼望著旁邊的畫面，因為都是在毫無準備下突然被拍下的，估計也就是網上流傳多年前某主播報新聞時吃餅畫面的由來。因此主播要時時打醒十二分精神，留意突發情況，任何時間避免在鏡頭前做出奇怪動作，要挖鼻的話還是離開廠才挖吧。

鏡頭前保持專業

新聞報道講盡天下事。本地新聞、國際消息，無所不談。有開心事，也有令人流淚之事。曾經有網民熱烈地討論過，我報道完某宗新聞後眼泛淚光，為新聞感到傷心氣憤。

新聞廠內的環境。

主播也是人，也有情緒。會生氣，也會流淚，是人之常情，但我會選擇在鏡頭以外的地方表露出來。作為專業主播，我認為要客觀報道新聞，不添加個人情感語氣。所以遇到這類情況，我會把這些情感統統收起。當然這只是我的做法作風，也聽聞過有其他主播曾爆出「流淚事件」，聲稱被欺壓至落淚。

只能說人人的遇見不同，我未曾遇過委屈至哭泣事件。頂多是自己讀錯稿，被編輯在「耳提面命」以至心情很糟，在報道新聞時擠不出笑容，未至於鏡頭前哭泣。

觀眾看到我眼角的淚光，大概是剛打完呵欠，或長期佩戴隱形眼鏡導致的眼乾造成吧。

2.6 新冠疫情

疫情2019年尾至2020年初開始全球肆虐，世界衛生組織在2020年3月11日把新冠疫情定性為「全球大流行」。最初震驚香港人的豪華郵輪群組，在日本橫濱停泊的「鑽石公主號」爆發疫情，船上有約3700多名乘客和船員，當中有約370名香港乘客。確診的712宗個案中，共有76名患者為香港居民，他們在日本留醫接受隔離治療。我的一名化妝師朋友就剛巧在「鑽石公主號」上並確診，得悉有認識的人確診，才意識到疫情越來越接近。本地個案越來越多，爆發很多群組感染個案，例如打邊爐群組、跳舞班群組等，輸入個案也不絕。

隨著疫情惡化，政府推出更多防疫措施，教導市民學會使用檢測棒。初期完全不會用，後來熟手到閉上眼也懂，撩鼻撩到瞭如指掌。實施檢疫隔離

機制，設立竹篙灣社區隔離設施；政府部門提供有限度服務、推出安心出行、引入疫苗等。初時我很抗拒打疫苗，因為很怕副作用，但為了安全起見，還是屈服了。

疫情期間，政府安排部分僱員輪流不用回辦公處所，盡可能在家工作，又呼籲僱主按運作需要，盡量讓員工在家工作，以大幅減少社區人流和社交接觸。當然，在家工作模式也肯定和新聞工作者無關。疫情最嚴重的時候期間，主播們還是要謹守崗位，為大眾報道疫情進展。無可否認，那時期新聞部個個人心惶惶，大家工作士氣也很差，很怕自己中招。新聞部要求員工上班要戴口罩，但主播日入廠出鏡時不能戴口罩，說話時口水極可能噴到桌上。

主播在廠內交替是緊接的，根本沒時間消毒。萬一一個中招，其他主播也難倖免。儘管很怕中

疫情期間外景拍攝花絮，我和攝影師，我在戴咪中。

招，但是工作需要，沒法子。只好盡量做好個人衛生，多消毒雙手，報道完新聞立刻戴口罩。新聞部內部窗戶不多，很多房間都是密室，空氣極不流通，猶如病毒溫床。那陣子一報完新聞休息時，我都喜歡跑到古裝街吸吸新鮮空氣，逃離病菌。

疫情最嚴重時，新聞部很多同事確診。一有人確診，新聞部就會請來全套保護裝備人員來進行消毒，四周噴灑消毒劑。每次見到那位消毒人員和聞到那強烈的消毒劑的味道，就意味又有人確診並曾經出現在那區域。為了確保運作正常，新聞部也做

了一些工作安排上的微調，例如上班前要檢測，每天向主管確認檢測棒是一條線才可上班；外出採訪的記者可以帶口罩出鏡；也曾經實施A、B Team上班，一部分主播一連返一星期，另一部分就在家放假。當時我很討厭這模式的，因為連續不停返一星期實在太累。

封鎖綫內直播

2021年1月，差不多是疫情的第四波，政府引用相關條例作出限制與檢測宣告，將確診個案較多的大廈列為「受限區域」，區內人士須留於當處接受強制檢測。

而我，竟然非常「幸運」地被選中！

當時我正值早晨新聞更，要凌晨3點多出門口，所以我前一晚6點左右就在家吃了晚餐。準備休息睡覺之際，晚上7時左右收到一個push notification(即時推送提示)，竟然正正是我居住的大廈被圍封強檢，全棟大廈居民指定時間不能離開大廈範圍。

我即時拿起上班袋，搏一搏逃離大廈，希望翌日能返到工。

結果不出我所料，樓下大堂已經保安嚴密，站滿警察，門口拉起封鎖綫。以為可以酌情處理，但還是被禁止離開。不能按時返工唯有立刻通知上司，找人頂替香港早晨的位置。

由於是受限區域，居民不能出去，外面的人(除了居民外)也不能進來，記者、攝影師也不能倖免，因此我就以居民身份，做了「一晚限定」記者。這次突發的「一晚限定」，令我聯想到大台主播電視劇。劇中記者採訪期間遇上槍戰、入火場等突發情況，令不少人覺得誇張，以下我的親身經歷也不遑多讓！

有了我這位限定記者，沒有攝影師怎麼辦呢？幸好我有一個有前綫採訪經驗的爸爸。他是警訊前主持，以前也身兼記者角色，到訪過很多案發現場採訪，非常清楚新聞採訪角度。有記者、有攝影師，沒有攝影器材怎麼辦？慶幸科技發達、手機清晰度足夠電視播放，zoom的直播模式也能夠接駁到新聞部，一切都準備就緒。一邊和新聞部採主緊密溝通，一邊和爸爸什麼都拍，盡量取得更多畫面。「受限區域」內設立的臨時採樣站又拍，採樣站核酸測試過程又拍。

政府為受檢人士提供的防疫包和簡單食物，包括口罩、即食麵、罐頭食品、杯麵等全都被我們一一記錄下來。忙碌拍攝環境之際，突然收到上司WhatsApp，叫我做個見樣的直播。見到訊息時真是嚇了一跳！當時的我完全素顏，只帶著一個口罩。還要忙於拍攝和留意現場最新消息，哪有時間和地方化妝出鏡？當務之急，我立刻致電家人求助。

被困圍封檢疫大廈，和新聞部透過手機練習中。

為了盡快進行電視直播，我不理三七二十一，就坐在大堂梳化，不理路過旁人的眼光，快速畫了眉毛和眼線，底妝什麼都不化了，反正口罩遮了半張臉。完成這個只花了兩分鐘化的妝後，我聯絡上採訪主任，告訴他們隨時可以交時間給我。

平時在廠內常常交live給外面報道的記者同事，今次輪到我在外面和廠內主播對話，非常刺激新奇。在手機聽到主播同事們的聲音，把新聞時間交給我的導言，感覺既熟悉又陌生，很有趣。

經常在新聞廠常常交live給記者們，聽著聽著也清楚知道記者現場直播怎麼做，成功「偷師」。直播前我和採訪主任了解報道方向後，我就把現場最新消息報道給廣大市民，爸爸則繼續擔任攝影師角色。

最後，我成功透過zoom及手機和電視台聯絡上，並進行了多場現場直播。直播期間也發生了一段小插曲，公司攝影師不能進入封鎖範圍，只能在封鎖範圍外面放置攝錄機，拍攝現場畫面。搞笑的是，攝影師竟意外地拍到我和爸爸的直播過程，見到爸爸在用心拍攝，我緊隨爸爸步伐，在進行現場ad lib的畫面。

有些朋友見狀拍下這畫面send給我看，見到都覺得很好笑。當晚我的記者工作直至凌晨一、兩點才完結，回到家整個人都攤軟了。第一次在距離家

在被困檢疫大廈當一晚限定的記者。

這麼近的地方做採訪，還要和爸爸以記者和攝影師的身份合作，真是千載難逢的機會。返不到早晨新聞沒了出鏡費，卻賺了一晚寶貴的記者經驗、和爸爸合作的寶貴經驗。

歷經疫情第一波到第五波，現在回看仍心有餘悸。檢疫、檢測、隔離、疫苗、口罩令、變異株，全都幾乎是那3年多每天必讀字眼。終於，政府決定2023年3月1日起，全面撤銷佩戴口罩的要求，撤銷口罩令。

CHAPTER

3 廠外的世界

Apart from Anchoring

3.1 「係麥詩敏同你看天氣」

除了報道新聞，主播的工作日常還有兼任「天氣女郎」。

「天氣女郎」也是我挺喜歡的工作之一，在正經的日常新聞報道外，可以報下輕鬆一點的天氣，對主播而言也是開心的。報天氣是主播們脫離通宵時段後，最快要學會的技巧，不論男女。除了要寫稿，就是要懂得用天氣報告專用的軟件，是一個生成天氣圖表和資訊的系統，例如提供世界各大城市天氣、天文台數據等。

先完成稿和電腦圖表，然後入廠錄影天氣報告。天氣報告必定用到前文提過的chroma key，所有天氣圖表都是key上去的，所以主播們都知道報天氣不能穿藍色，否則會被導演要求換衣服。

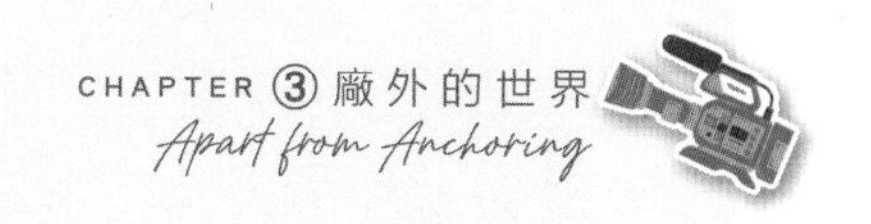

學習報天氣初期，的確有點吃力。雖然有字幕機不用背稿，但要記走位、什麼時候走到畫面的另一面。手勢也很難學，如何一邊看字幕，一邊準確地指著想提及的位置。主播側身時，另一角度設有第二套字幕機和熒幕，方便主播換個角度也能繼續讀稿和示意要提及的位置。去到報道各大城市天氣時，主播一看到地圖上的天氣小圖案就要立刻讀出所代表的天氣，例如一個太陽代表天晴、一舊雲加太陽是明朗、一舊雲加太陽再加雨點就是驟雨。

主播要好好把握時間讀這部分，因為這部分的動畫走得非常快，讀得慢就會錯過一些國家天氣。這些小技巧都看似容易，其實並不。報告天氣和新聞不同，要輕鬆、開心活潑一點，因此又要兼顧笑容，真是不容易。那時候我經常找導演預約錄影廠練習，熟悉走位、如何指圖表等。初時的確非常生硬，戰戰兢兢的，後期慢慢成熟，當「吃生菜」了。

報天氣前廠內留影。

報告天氣的藝術

主播們熟悉報天氣後，很大機會會被安排到大台擔任天氣女郎。

大家較為熟悉的可能是六點半時段後，晚上約7時多播出的天氣報告。不少觀眾很期待和經典的天氣先生見面，當然也想一睹「天氣女郎」的風采。雖然天氣報告演出只是3分鐘，一切準備工作卻要由下午4、5時左右開始說起。

天氣報告的背景天氣圖、主播的稿，全都是主

播自己做的。大家幻想整個演出流程就像一個簡報 powerpoint presentation，主播需要完成自己的 powerpoint 檔案，逐頁自己做，然後 present 出來。

主播自己手握控制器，控制整個天氣報告流程。新聞稿每天由天氣顧問提供，顧問有好幾位，輪流為天氣報告供稿，包括本地、內地和國際天氣資訊。主播就根據這些資料和天文台最新公佈，準備稿子和天氣圖，完成後和顧問核對。每天製作的天氣圖也不同，而且需時製作和跟顧問核對，所以整個準備過程歷時約2、3小時。至於天氣先生環節則不用主播準備，是由導演根據翌日天文台預測，播出相應的片段。

由於這一節天氣報告是直播的，之前主播們在新聞台的錄影天氣報告可算是很好的練習，大派用場。之前錄影有得重錄NG，直播沒有，所以初次直播報天氣時非常緊張，要非常熟悉走位。

天氣報告直播要10分鐘前入廠，預留時間帶無綫咪和耳機，通常還要和導演綵排和計時。綵排十分重要，讓導演檢查清楚天氣報告圖表、資訊、稿子是否準確，順道讓主播熟悉流程和測試控制器。控制器很多時會失靈，我試過突然沒電轉不到下頁；也試過按了一下控制器，畫面卻亂飛，突然失控。因為大台air time較緊迫和寶貴，時間要計得非常準，綵排一下就知道演出時間。

大台天氣女郎角色通常由晚更同事擔任，下午4時左右上班。第一次擔任6點半新聞時段後的天氣女郎時，我是非常興奮的。從小到大由天氣先生和歷屆天氣女郎陪伴我長大，現在竟然可成為天氣先生的拍檔。

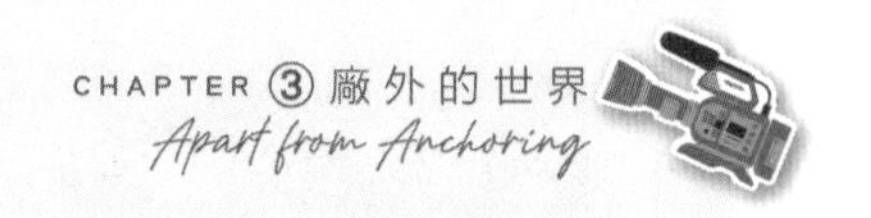

第一次自己寫稿、製作天氣圖表、和顧問核對資料，這一切對於一個新任天氣女郎來說，是很具挑戰性的。在沒有人幫助下，一個人做那麼多的程序、步驟，我的第一次無可否認是有點「踢腳」，但也算成功在限時內做好，我認為表現算不錯。工作不是難做，而是繁複和分散，還要定時留意天文台的最新發佈，即時更新。例如天文台可能會隨時發出酷熱天氣警告、紅色火災危險警告等，這些都必須及時更新，放在天氣報告出街畫面上。由於是第一次，我很早就入廠準備，帶好無綫咪和耳機，和導演練習多幾遍。

由於一向有負責錄製版的天氣報告，流程和內容基本上是一樣，技巧不太擔心，只是live做和錄影的分別。可是，由於是第一次在大台做live天氣，始終有點緊張。和導演練習了幾遍，確定天氣報告air time符合預期，稍微休息了兩三分鐘。再梳理一下頭髮、整理一下衣服，聽到導演透過耳機

首次自己寫稿、製作背景天氣圖，現在可以和天氣先生成為拍檔。

說：「來了。」我就站好在地上的標示上，聽著天氣報告片頭音樂奏起，「3！2！1！」導演說。我擠出比平常更燦爛的笑容，跟著字幕機上的提示，和大家直播了第一次天氣：「係麥詩敏同你睇天氣！」

除了負責剛提到7時多的天氣報告，還要報晚間天氣報告，和大家說晚安後近凌晨才收工。所以天氣女郎這一更挺累的，除了製作天氣圖、稿外，還要報道多節天氣。別忘了中間時間還有新聞台新

聞要報，需走動幾個廠。為了盡快放工回家，很多同事報晚間天氣報告入廠前會攜帶手袋入廠，方便一完廠盡最後力氣跑去電視城外的巴士站趕尾班車。因此近凌晨時分會見到一大群追車的人，畫面甚為好笑。我通常報完晚間天氣放工已經很累，沒力氣跑，都會和同事夾錢搭的士算了。

3.2 新聞報道員打造的專屬故事

新聞報道員的主要工作是在廠裡面報新聞，所以出外跑新聞的機會很少。唯一可以外出採訪的機會就是拍攝自己編寫的小專題節目，通常題材軟性一點。即是熱門電視劇中，張家妍做的專題節目。

當主播第一個參與的專題小節目，就是一個逢周六播出，發掘香港新鮮、特別事的專題，範圍很廣，只要題材夠小眾、夠吸引就可。第一次寫，什麼都不懂。只好不斷翻看之前同事寫過的故仔和請教前輩們。資料搜集、題目構思、聯絡受訪者、約地點訪問、做主持、寫故仔，都是主播一腳踢，完成後給監製覆核，之後交給剪片同事剪輯、上字幕、配樂等。

雖然主播自己一人負責所有程序，我卻挺享受寫作自己專題節目的過程。由零開始寫一隻自己的

故仔，非常有滿足感。見到自己的作品出街，感覺就像看到自己親生仔出世一樣。

飲食訪問可試食？

我的第一隻故仔是當時很少人聽過的話題：無麩質飲食(gluten-free diet)。

無麩質飲食是我一向有研究、做資料搜集的飲食法。麩質存在於麵包、意大利麵、穀物和餅乾等食物中，是一種天然存在於某些穀物中的蛋白質，包括小麥、大麥和黑麥。麩質就像一個黏合劑，將食物固定在一起並增加「彈性」。無麩質飲食就是在飲食上用不含麩質的食品替代，由於外國很多人對麩質過敏，因此此飲食法在外國比較流行，香港當時不算很普遍，所以很想推薦給大家。我自己也試過，不吃麩質的確減少胃脹的情況。

在餐廳進行訪問，雖然食物色香味俱全，但要「攝影機食先」。

監製對無麩質也從未聽聞，大感興趣。一聽到我的建議，就批准我做這題目了。隨即我就開始尋找香港提供無麩質食物的餐廳去拍攝，結果找了一間在上環的西式咖啡廳去做訪問。這餐廳由外國廚師主理，一踏進餐廳，感覺置身某歐洲小店，一點都不像香港。

這一刻我就想，我找對題目了，太少香港人認識這新的飲食法，應該由我推廣一下。攝影師在忙著拍攝現場畫面之際，我和受訪者聊聊拍攝流程，和他先預習訪問題目。餐牌中很多無麩質食品都是受訪者設計和製作的。聊著聊著，職員把當天的拍攝主角端了出來——無麩質鷹嘴豆捲餅。

市面很多捲餅都是麵粉做的，而這個是無麩質版本，用的是無麩質麵粉。雖然用了無麩質麵粉，外觀還是和一般捲餅無異，不說也不知道是無麩質的。

讀書時都沒機會進入的科大海岸海洋實驗室。

第一次出外采訪，是一則講文化的節目。

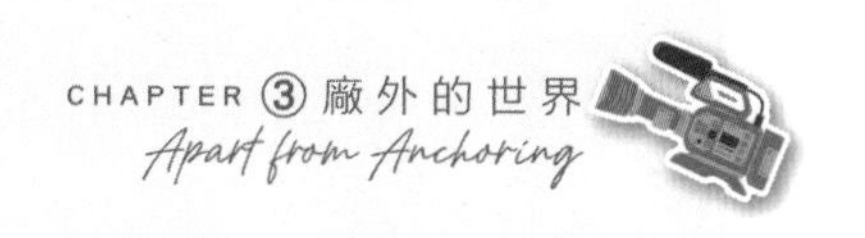

專業的攝影師從多角度拍攝這個鷹嘴豆捲餅，把捲餅拍的非常唯美。新鮮出爐的令人食指大動，當然，拍攝行先，吃捲餅？想想就好了。輪到我和受訪者做訪問，訪問英語對答，談到無麩質飲食原理、理念等，和大家深入講解無麩質飲食。

完成訪問，就是時候「做扒」。「做扒」取自英文新聞術語「Standupper」的諧音，指記者在現場對着鏡頭讀白的畫面。雖然這節目不算是新聞報道，但也要「做扒」，錄影講述該專題相關內容。

拍攝完之後的工作就是回公司正式編寫專題內容，包括寫出受訪者訪問內容的字幕、編排故事流程，給監製確認內容後配音，然後就由剪片同事剪輯。成品出街前，我非常期待，我的第一隻親手編寫的故仔出街了！出街當天，我在播出時間前已準備就緒，走到電視機前欣賞自己的作品。最後，出街版本非常滿意，加上做的題目也是自己有興趣的，別具意義。

另一集，拍攝有關位於科大海旁的海岸海洋實驗室。身為舊生回到母校工作很有親切感，拍攝時有種莫名的興奮。

清水灣不但賦予科大優美的環境，海水更為科大提供重要的研究開發資源。海岸海洋實驗室設有全港高等院校最大規模的室內水族箱，及海洋生物教學和研究設施。拍攝時裡面有海星、龍蝦、海膽等，從沒想過裡面竟然設有那麼大的水族箱。學生時期常常經過，卻未曾進入，這次拍攝給了我機會去問個究竟。

3.3 尋根講歷史

除了和生活息息相關的專題，新聞台也推出一個講歷史的節目，探索香港古跡、歷史。主播們也要輪流參與製作，和觀眾一起尋根講歷史。

剛剛參與時覺得有一定的難度，題目由之前輕鬆、生活化，變得嚴肅和具歷史意義。而內容涉及古跡、歷史資料，一切都要fact check，要確保內容準確、無誤，例如年份、典故真實性等。

由於不少法定古跡和歷史建築都是政府管理，到場拍攝就要申請批准許可。讓主播最頭痛的就是拍攝申請程序，非常繁複冗長。聯絡相關政府部門後還要一連串的程序，填表格、發電郵，然後還要等回覆，分分鐘拍攝前都未等到。所以我通常會在節目播出時間之前一段時間就提早計劃拍攝，避免臨急抱佛腳。

為了增加趣味性，節目偶爾以雙主持形式出街，試過和男主播一起主持同一題目，分工合作，分上下集，一人寫一集。很多人問，主播要不斷報新聞，有時間外出拍攝和寫稿嗎？的確，主播寫稿的時間不多。很多時候要在報完新聞後，加班外出拍攝。拍攝完後，要麼在新聞報道後的休息時間寫稿，要麼放假的時候特意回公司寫。這也是導致主播儲起很多假期的原因，因為要經常OT。

新鮮視角下的歷史專題

節目播出多年，很多歷史古跡也已經在之前集數講過。後期想題目真是要多費心思，找一些從未探討過的。差不多2、3個月就輪到自己負責的一集出街，加起來都做過很多題目、去過很多地方拍攝，例如手藝類、廟宇、機構等。

儘管外出拍攝人手不多，通常就是我加一位

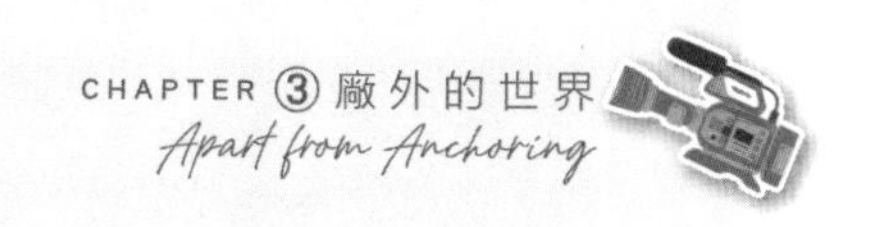

攝影師，腳架也要幫忙拿，但我每一次都很享受過程。每次介紹自己，派自己的名片，介紹節目內容，從他們的分享探索更多香港的歷史，都十分有意思，例如有一集講校服的歷史。

戰前時期，香港學生人數不多，學校對校服要求較低。很多學校早期沒有正規的校服，穿著符合基本規格就可以。1915年，「聖保羅女書院」即現在的聖保羅男女中學，是第一間規定學生必須穿校服上課的學校。

二次大戰後，香港人口上升，政府及團體開辦更多學校，僅同一區就有十多、二十間學校。為了區別不同學校學生，校服才變得更加重要。後來加入校徽、學校領帶，更能明確識別不同學校學生。那次拍攝去了太子一間售賣校服的店鋪，裡面幾乎什麼學校的校服也有。老闆讓我穿著校服拍攝，我

其中一集講及校服的歷史，有機會穿上長衫式校服。

二話不說挑了長衫校服。以前小時候的校服只是一條普通白色裙，經常很想試試其他學校的長衫校服，這一次終於有機會。

八百年的信仰與傳統

另一次較印象深刻的一集關於天后廟，我挑了西貢佛堂門天后古廟佛堂門天后古廟去拍攝。佛堂門天后古廟又稱「大廟」，位於佛堂門北岸，是本港歷史最悠久和規模最大的天后廟之一，屹立至今接近八百年，也是香港法定古蹟。

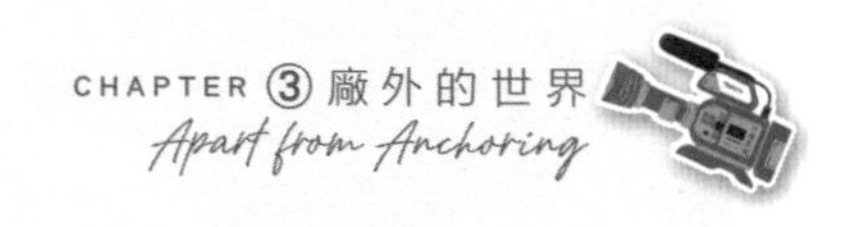

從古廟後方一塊刻石所載文字推斷古廟與南宋有關連。我特意挑了天后誕去拍攝，紀錄煙火鼎盛的一刻。當日我和攝製隊經水路到達，天氣很曬很熱，人也很多，但也無阻我們拍攝的決心。

大廟古色古香，保存完好，不愧是法定古蹟。由一排五座的建築物組成，主建築是兩進三開間結構，兩側各有兩座附屬建築物。多年來，古廟曾進行多次重修，保存了很多年代久遠的建築和裝飾構件，例如花崗石柱、彩繪、地磚等。古廟四周的環境格局並未改變，是本港天后廟之中少數仍然面向大海的重要例子。

資料搜集期間也讓我眼界大開，原來大廟也是警方舉行新船下水典禮的地方。新水警輪會在大廟前呈8字型行駛，船隻再高速衝向大廟方向再急停，激起浪花導致船身前後搖晃，就像水警輪向天后娘娘叩頭鞠躬，祈求平安。雖然沒機會目睹下水典禮，我也很慶幸有機會在天后誕當日去拍攝，和觀眾分享這熱鬧的一天。

友善的「香港公主」

最印象深刻的一次，莫過於關於「選美」的一集，很榮幸邀請了1968年「香港公主」冠軍李司棋小姐作為嘉賓。那次是在九龍站上蓋一間酒店中餐廳做訪問的。

一見到司棋姐，她就溫柔甜美的說：「詩敏，你好。」

司棋姐毫無架子，非常友善，她和藹友善的笑容令我當時緊張的心情都也放鬆了。訪問中，司棋姐分享有關她參選「香港公主」的點滴，非常有趣動聽。她憶述她當時是11號，比賽在尖沙咀一間酒店舉辦。

當時酒店搭了個台，參賽者穿著晚禮服或長衫在台前站一站，轉個圈就可以走回頭。換了泳衣後，再走一走台後就回答問題。司棋姐的分享讓我對以前的選美模式認識更多。從來沒想過當時的參賽者要自己準備比賽服裝，要準備一件泳衣、一件晚禮服和一套長衫。

比賽和表演形式上，也不像現在的複雜，只有走台和問答環節等，沒有現在的才藝表演。司棋姐還特意走到保險箱把她當時的冠軍禮物——一隻名貴手表帶給我拍攝，還讓我戴到手上。那一刻的確有點「淆底」，不小心把手表跌到地上怎麼辦呢？賠不起呢！幸好拍攝順利，經過剪接和後期製作，節目出街非常滿意。有關選美的這一集最後得到上司認可，他們都稱讚這一集好看呢！

和司棋姐做訪問後的合照，司棋姐為人友善。

天壇大佛：香港的靈魂地標

由於負責節目多年，精彩的回憶不計其數，有關天壇大佛的一集也千載難逢。天壇大佛是全球最高的戶外青銅坐佛，歷時12年落成，寓意香港穩定繁榮，國泰民安，世界和平。

天壇大佛也是香港重要的地標，吸引眾多中外信徒和遊客前來朝拜參觀。拍大嶼山天壇大佛寶蓮禪寺的一集，有幸親臨金碧輝煌的萬佛寶殿拍攝。堂內安奉清朝雍正十三年至乾隆三年的最後雕刻《龍藏》，機會難逢。

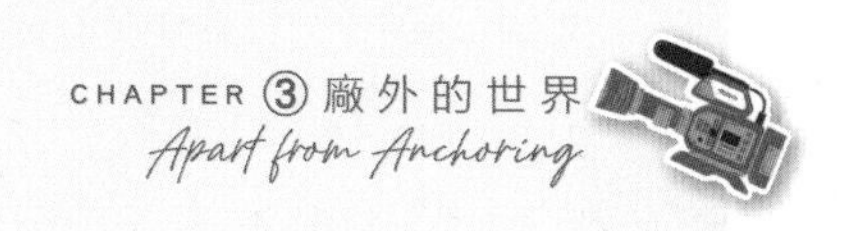

近期一點，有關紅十字會的一集，我更在熒幕前犧牲了我「第一滴血」。香港的捐血歷史有70年，但捐血救人這主流觀念是經過漫長日子而成。50年代初期本港捐血人士以外籍商人、軍人為主，華人卻很抗拒。隨不斷的教育和推廣，香港紅十字會輸血服務中心的發展，服務提升，捐血人數亦增加。拍攝期間，為了感受2012年前，捐血前的測試血紅素水平測試，姑娘幫我「篤手指」做檢測，絕無偷雞！

3.4 「睇新聞，講英文」

除了講歷史，我也曾經參與一個以廣東話教英文諺語的節目，從新聞報道中尋找諺語或語句，教大家睇新聞，講英文。

這節目的稿子也是主播自己寫的，通常從外電英語新聞找料。我從小都對英文諺語、idioms很有興趣，中學時還修讀過英國文學，有機會參與其中也是很高興。有一天上司突然跟我講，「你試寫幾份睇新聞、講英文稿看看。」我就二話不說，迅速看了幾篇外電稿，這麼巧又找到幾個idioms，一口氣完成了3份。

很幸運地，交稿後幾天就被選中參與節目。節目每星期播放3集，挺密集的。因此主持要在早一星期一次過交3篇稿，所以我喜歡儲定貨，有空就

寫一些。寫稿過程有時順利，有時令人焦急。外電新聞的諺語或idioms一篇可能有幾個，有時候卻找極都沒有。那段時期由於要不斷看外電稿找題材，對國際新聞熟悉了很多。

找到題材，除了要理解諺語意思，還要了解和熟悉該新聞故事和人物，解釋諺語意思後再寫應用例子，之後編寫對白，再發給監製確認。拍攝當天一次拍攝就是錄製3集，所以每次要準備3套衣服，通常是報完新聞後OT錄製的。拍攝地點在新聞部不同角落拍攝，因涉及多部攝錄機多角度拍攝，負責的導演大約有2、3位。拍攝時大家有說有笑，就像一個大家庭。

雞飛狗走的英文是？

可是早期拍攝此節目確是有壓力，報新聞有稿子看，不用背稿。主持在節目講解該新聞如何運用

拍攝講英文節目的花絮，拍攝地點在新聞部不同角落拍攝。

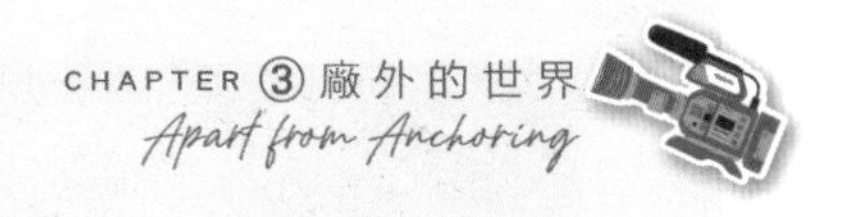

到idiom，帶出什麼意思，講講該新聞的典故，再應用到日常生活例子中。

較印象深刻的是講述諺語put the cat among pigeons的一集，此諺語是從一則有關美國大選的新聞得來，那時候正值特朗普和拜登爭奪總統寶座競爭激烈之時，有報章以Coronavirus puts the cat among Trump’s pigeons為題。Put the cat among pigeons，意思是造成軒然大波、招惹是非、造成麻煩。試想想，把貓放在一堆鴿子中間，鴿子肯定雞飛狗走。運用到新聞報道中，意指新冠疫情來襲打亂了特朗普拉票陣營，可能影響選情。

另一個有趣例子就是講述rose-tinted spectacles的一集。新冠疫情早期，當時市面上還沒有疫苗，大家都期待疫苗盡快推出。有新聞報道指當時一位英國專家說她正戴上rose-tinted specs去

疫情期間，拍攝節目的花絮，如此知識型且娛樂性高的節目可惜已停播了。

看疫苗研發進度，這句是什麼意思呢？Rose-tinted spectacles字面意思是「玫瑰色的眼鏡」，形容帶上「玫瑰色的眼鏡」的人，看事物指過於樂觀，看的事物都很美好，和玫瑰一樣美麗。

所以這位專家認為，當時英國可以在短時間內全民接種疫苗的說法實在不太可行，這想法過於樂觀。現實中也有很多人過於樂觀看世界，they see the world through rose-tinted spectacles。

拍攝這節目是戲劇模式，需要背稿，要練好

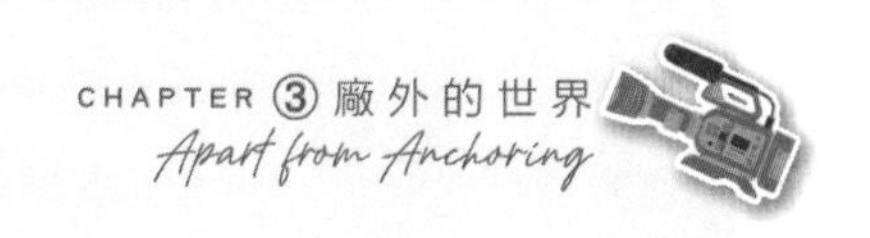

記性，還要添加一點點演技。旁邊還要是資深的前輩，狂NG太尷尬了吧。幸好，面對著初時生硬、狂NG的我，團隊都沒有勞氣，還悉心教導。節目風格比報新聞悠閒，因此主播服裝、髮型要求也比較寬鬆，可以弄報新聞不能弄的髮型。

為了讓節目看來輕鬆一點，節目片頭有主持們跳舞、走來走去的畫面，非常「盞鬼」。這節目既具知識性，而且娛樂性十足。非常可惜的是，節目現已停播了。

3.5 走出主播廠

主播通常坐定定報新聞，給人文靜、斯文的感覺。而行山節目就讓觀眾看到主播「動」的一面，給大家看看我是動靜皆宜的。2022年我加入行山行列，和大家遊山玩水，帶大家找打卡靚景和分享行山「貼士」。

拍攝行山節目算是外景當中最辛苦，因為需要體力勞動，有時候湊巧碰上烈日當空，的確辛苦。雖然拍攝團隊相對較龐大，連同嘉賓約有5、6人，但器材也相對多，包括航拍機、運動攝錄機、打燈器材等。大家還是要夾手夾腳齊齊抬上山，比起和朋友輕鬆行山截然不同。

不過，可以寓工作於娛樂，辛苦也值得的。和其他節目差不多，主播都是要自行想題目、搜集資料介紹行山、遠足地點，然後自己寫稿，再交由監製審批。這節目的一個小難度是如何將3、4小時的

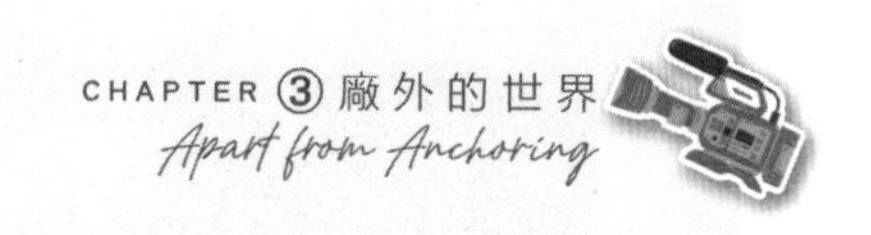

行山路程，濃縮在3分鐘內交代完，都是當時我和監製頭痕的地方。

Cam man 也要考牌

我的第一次拍攝是在太平山山頂花園一帶，相對是較輕鬆的一次。嘉賓是一位擁有豐富歷史知識的導賞員，在他帶領下邊遊花園、邊講背後典故。而且該處並非陡峭或難行之地，整個過程都輕鬆、容易行，適合一家大小。可惜，山頂花園屬於航拍機禁飛範圍，我們只好以運動攝錄機代替，高角度拍大環境。參與這節目製作，也讓我對航拍機了解更深入。

政府制訂的小型無人機令已於2022年6月1日生效，對小型無人機、航拍機設了更多限制。例如遙控駕駛員應事先查核無人機飛行圖，了解最新指定的限制飛行區，不得在限制飛行區內飛行。

外景拍攝花絮，烈日當空也要完成。

維多利亞港、高鐵西九龍管制站、香港國際機場、長洲直升機起降場一帶等皆為限制飛行區。另外，條例也設有高度限制，標準甲一類操作的最高飛行高度是地面以上100呎，標準甲二類操作的最高飛行高度則是地面以上300呎。

「地面以上」指小型無人機從地面（土地表面或水面）上的一點飛行的高度。小型無人機的「高度」以離地面最近的一點為基準。即是說你在山頂、山腳不同地方放飛，由於無人機離地面高度不同，最高飛行高度也有所不同，盲目亂飛有機會誤觸條例。

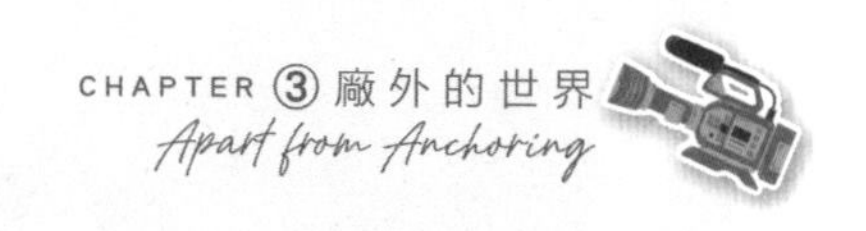

而當時的攝影師們也可謂身兼多職，要負責放飛無人機拍攝。因此他們都要事先上課和註冊，正式成為遙控駕駛員。

遇見野豬與千島湖

另一次拍攝在香港仔水塘，也算是新手路線。香港仔水塘分上、下兩個水塘，範圍大但不難行。當天遇上好天氣，加上風景怡人，拍出來的畫面很好看。

航拍機從上空高角度拍攝水壩環境，在陽光伯伯的加持下，香港仔上水塘拱橋和水壩的古典美，盡收眼底。香港仔水塘四項歷史構築物於2009年列為古蹟，值得一去。拍攝當天沿路有很多小野豬伴我拍攝，成為在節目中的「臨時演員」，順便提醒大家行山遇上野豬，要冷靜應對也切勿餵飼它們。剪輯後畫面靚、路線易行、又有野豬，是很精彩的一集。

身為主播可以久不久出去透透氣的確不錯。

除了香港仔水塘，較印象深刻的有近期的行山熱點大欖涌千島湖清景台。去清景台路線有兩條，可從屯門掃管笏或元朗大棠出發，當日我們選擇由屯門掃管笏村出發到千島湖清景台。這次拍攝算是較辛苦的一次，因上山途中多樓梯、斜路，加上要帶同攝影器材，過程挺費力的。而且拍攝需時，整個行山時間比平常更長，1.5小時的路程變了2個多小時才登頂。拍攝當天烈日當空，氣溫也高，沿途沒有遮蔭地方，但也無阻我們興致，拍著拍著，和拍攝團隊有講有笑的就到達。

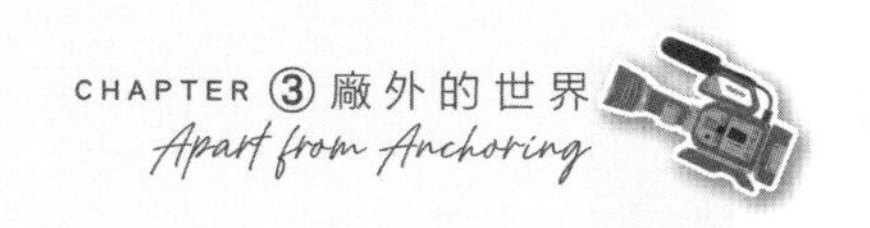

嘉賓是一位運動專家，一邊行一邊分享運動和行山相關資訊，也讓我長知識了。一上到網紅打卡點千島湖清景台，我不禁大叫了一聲：「哇！」那次是我第一次行大欖涌千島湖，之前只看過照片，登頂時真是美得嚇我一跳，比照片中好看多了。遠眺千島湖，看到湖水和小島分別藍色和綠色的清晰分界綫，小島形狀不一，亂中有序。水塘本來是一個小山谷，有很多小山丘，儲水後山丘露出頂部，形成千島湖奇景。拍攝完成後，把握機會拍照，把千島湖美景攝進我的手機。

這次拍攝算是很滿足的一次，完成拍攝之餘又做了運動，真是不枉此行。身為主播常常坐廠內，久不久可以出去透透氣的確不錯的。

3.6 財經樓盤大冒險

除了新聞節目，大台的財經節目也不少。2016、2017年左右，剛巧財經組人手不足，要臨時找主播幫忙做節目主持。主播常常坐廠內，有時候也期待出去走走，參與財經樓盤節目。

同事安排完拍攝地點，我就跟著拍攝隊伍到達不同樓盤，拍攝完畢就寫稿再交給監製，流程和其他小節目差不多。可能你會問，你又不是財經記者，怎麼懂樓盤知識呢？你說的對，我不是財經記者，但學習是無止境的。

看了很多過往財經節目片段和主持的做法，加上財經組同事的教導，我膽粗粗走上了第一個樓盤單位，這一次是做驗樓的。經常在電視節目看到驗樓環節，第一次親身見到驗樓師進行各步驟，非常新奇。

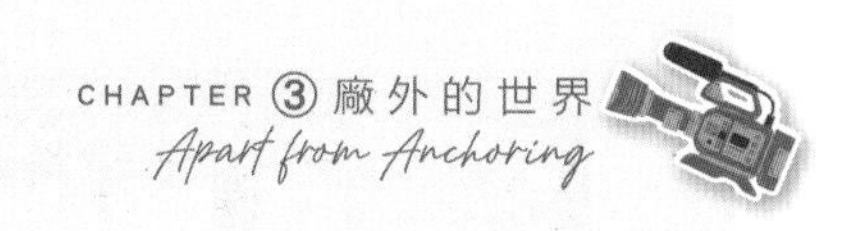

驗樓可協助業主買賣單位時，檢驗物業單位的建築、裝修元件及設施，保障樓宇安全及品質，降低出現問題的風險，節省將來維修費用。

驗樓師到達後，和他聊了幾句，他就開始動工，攝影師則拍攝他的檢驗過程。驗樓師所有步驟親力親為，一邊用工具敲打地面檢查是否存在空心磚，一邊用小貼紙標示有問題的位置。樓宇缺陷包括漏水、空心磚、批盪空鼓，還要檢查窗戶零件鬆脫、崩裂、刮花等。

驗樓師已是「熟手技工」，不用任何指導，已經「自動波」對著鏡頭講解有問題的地方、該如何解決等。找出所有瑕疵後就會發出驗樓報告交給業主，方便轉交發展商或承建商妥善執漏或維修。

驗樓拍攝花絮，驗樓師「自動波」對鏡頭說出樓宇問題所在。

一分錢 一分貨

財經組同事之後也安排了多次驗樓拍攝給我，港九新界也去過。五萬港元一呎的樓驗過，品質很差的樓也驗過。去過一個位於北角的豪宅樓盤，呎價達到五萬港元，用的材料、裝修都聲稱是頂級的。

一到達單位樓層、升降機門打開，幾位穿上黑西裝、笑容滿面的發展商職員齊聲歡迎我們說：「早晨！」還推著一架放滿糕點的卡車，讓我們隨便吃。高級樓果然服務不同，真是第一次碰上如此待遇。走進單位，大家四周視察環境。五萬元一呎的單

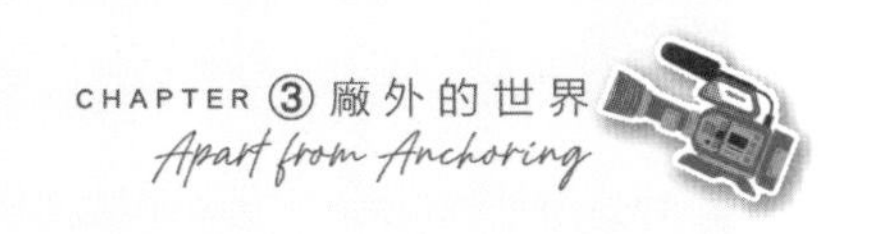

位，裝修、格局果然與眾不同。眼前一切都是金碧輝煌的，真是豪宅級別。

大家羨慕完一輪就要認真開工了，攝影師四周拍，驗樓師四周檢查。驗樓師看完一輪，我問他：「這裡如何？打幾多分？」驗樓師說：「肯定超過95分。」果然，五萬港元一呎的樓是有其價值的，一分錢一分貨，質素超好，幾乎零瑕疵，最後打分有99分。去過超豪豪宅，也經歷過慘不忍睹的。有一次參與啟德某樓盤的驗樓拍攝，驗樓師會放水試冷氣、水龍頭等位置會否漏水的。

那次驗樓師如常放水，開始測試。不久，我們聽到滴答滴答的水聲。我們都很好奇是什麼聲音？從哪裡來的？突然攝影師拿起攝影機衝到冷氣機附近，把鏡頭對著冷氣機的出口，原來聲音是從冷氣機口漏出來的，水仿如從天而降。不是幾滴，而是海量！

水嘩啦嘩啦的從假天花傾斜而下，我們都嚇到了。後來驗樓師四周尋找源頭，擾攘了一番，懷疑是有喉管插錯接駁口，導致水錯誤從冷氣機口漏出。這例子正正證明了驗樓的重要性，如果沒有驗樓，直接入住，遇上這情況就大件事！當然，最後驗樓師給這單位的評分很差，只是僅僅及格。參與過多次驗樓拍攝，也寫過多次驗樓稿子，我都幾乎變了半個驗樓大師，大概知道檢驗流程。

而且驗樓師檢測時也偷了不少師，知道基本收樓該檢查的位置和技巧，獲益良多。試過有朋友買樓時都叫我幫忙看看單位，幫他節省了驗樓費。這算不算是學以致用呢？

CHAPTER

海闊天空

Life After Anchoring

4.1 主播吃什麼

很多人好奇，下班後的主播長什麼模樣？有沒有「包袱」？我可肯定說，沒有。

下班後，例如早晨新聞放工後有很多時間，我都一樣會行街、看戲、吃飯，其實都只是一個普通人罷了。空餘時間我對「食」挺有研究，覺得「you are what you eat」，「你吃什麼你就是什麼」是正確的。

對食尤其有要求，日常飲食算健康，一餐裡盡量包含大量蔬菜，不吃牛羊鴨鵝但會吃適量的豬、雞、魚和豆類，澱粉偏少但不抗拒。

當主播要保持形象，上鏡會被要求限制體重嗎？

做了八年主播期間，上司從沒有對我的身形

有評論或要求，可能因我偏瘦，過鏡後看來會胖一點，所以就剛剛好。

主播的忌口

由於主播工作每天長期說話，我的日常飲食和生活通常以保護嗓子為前提。特別是上班前或報道新聞前，我絕對不吃甜食。

很多人以為蜜糖潤喉，親身經歷卻告訴我不是。每次吃過蜜糖後報新聞，喉嚨都被濃濃的痰卡著，也令我容易咳嗽，弄巧反拙。太甜的水果，如葡萄，也很容易起痰，還是留待下班才吃。

另外，辣的食物可免則免，因為容易傷及喉嚨和聲帶。試過一次吃完辣後，除了喉嚨痛，更咳嗽了一段時間，可能是上火導致肺熱引起。爸爸一直以來都叮囑我吃魚要小心，因一不小心魚刺卡喉嚨，後果可能非常嚴重，所以我都較少吃多骨的魚，魚塊或魚柳穩陣一點。

熱氣的食物我都一律不吃，例如煎炸食物、薯片、朱古力。屈指一算，有十年沒吃過！沒有騙你！飲品方面，軟性飲料、高糖飲料都統統不在我的名單上，因為我相信糖分攝取過多，皮膚會老得快，也增加肥胖風險。這方面，相信和眾多女藝人一樣。

因我是容易失眠的人，為了確保睡眠質素，無論幾點鐘，咖啡、濃茶等高咖啡因類飲品我都不喝。早上那麼早上班，不喝咖啡怎能提神？這個我都覺得很神奇，可能多年來一直沒有依賴咖啡因的關係，早上3點起床對我來說沒難度，可以隨時隨地提起精神來，不會「瞌眼瞓」。

4.2 粉絲心意

每位主播同事都肯定會收過觀眾寄來的禮物，通常寄去電視城，同事們收到都見怪不怪了。大家可能想知道觀眾會送什麼給我們？真是什麼都有，現金、朱古力、糖、玉佩、金幣……真是無奇不有。

我最印象深刻的一次發生在入行初期，在公司收到一大盒朱古力禮盒，真是一大盒，要用雙手捧着的。速遞盒子上面寫着是由澳洲空運過來，運費都要幾百蚊港元。盒包裝很美，有絲帶，是名牌朱古力。我一打開，哇，好多包，什麼味道也有，好精美！裡面有一封信，一打開，原來是澳洲的讀者。

他說由我第一天工作開始已經有留意我，喜歡看我報新聞。那時真的很開心，因為覺得有人在欣賞自己，遠在南半球也有支持者，非常有鼓勵性。

最後我把一大盒朱古力帶了回家和家人分享，把喜悅帶回家。這位觀眾，謝謝你！

可怕的「私生飯」

收到禮物固然開心，但有一次收禮物的方式令我有點害怕。曾經有人放了一袋禮物在我家門口，上面寫著我的名字。裡面還有一封信，信中提及喜歡看我的節目等，裡面還有一些玩具。收到後，我有點毛管戙，這意味著這位觀眾朋友知道我住哪個單位，也有可能曾經出現在我家門前了。幾天後，事件重演，再次收到禮物。我把事件告知保安人員，叫他們幫忙留意一下可疑人物，確保安全。

除了收禮物，有次經歷也令我有點害怕。有一晚返晚班，放工已經凌晨12點，我如常從電視城搭的士回家。

下的士之後，突然有一個陌生男人衝到我旁邊跟我並排而行，和我說話。由於太突然，而且放工已經很累了，根本反應不來，只好繼續快步走回家。他說喜歡看我節目等等，又塞了一張湯券給我。雖然他沒有傷害我，卻把我嚇了一大跳。

後來回想一下，他是碰巧在我下的士時見到我嗎？還是他已經一早知道我的下班時間？為什麼他又知道我的下車地點呢？答案無從得知，我只祈求不要讓我再遇上他。我告訴爸爸這事件，從那一晚開始，爸爸就在我的下車處接我回家，以免再受滋擾。

之後幾個月，那個人好像沒有再出現，看似危機已解除。可是，原來我們都猜錯了。有一晚約10點放工，沒有搭的士回家，搭了地鐵。在地鐵站出口準備行回家途中，離遠見到上次那個下的士走過來的陌生男人迎面而來，我立刻逃避他的眼神，希望他也見不到我。

可是他都是發現了我，見到我之後還改變他的行走方向，變了尾隨我而行。我立刻想想對策，那時候最近我就是麥當勞，麥當勞多人感覺較安全，我立即致電爸爸，叫他到家那間麥當勞接我。那次經歷令我感到安全受到威脅，因為很明顯他是改變方向而跟蹤我的。幸好那個人見到我和爸爸會合後不敢再有其他行動，知難而退。

4.3 主播們的社交平台

我的中學時期，人人都玩MSN、Xanga；大學時期，變成Facebook當道。現在，小朋友、青年人，個個必定玩IG，當然我都玩埋一份。IG對我來說，是個看了開心也會看了傷心的地方。

有很多讚美也有很多批評。很高興粉絲們會在我的照片留言讚好，當然，也有很多素未謀面的haters跑出來攻擊我。Haters gonna hate是真的。討厭你的人無論如何都會討厭你，所以做好自己就好。

收到不少粉絲們IG發的訊息，和大家分享下一個最難忘訊息。仍在當主播的時候，收到一位更新人士的私訊。

內容大概是該位朋友剛剛從獄中釋放出來，立刻跑到IG上追隨我的動態。在獄期間每天早上都看我的新聞報道，因此留意到電視中的我。他感謝我一直「陪伴」著他走過每個早上，又說有些早上因為我放假見不到我，就會感到失落。看完真的令我感動極了！我從沒有想過我的新聞報道，甚至我的存在，會照亮了別人、幫助到別人。 這些鼓勵和支持往往成為我的動力，讓我更努力工作，繼續為大家帶來更完美的新聞報道。

除了鼓勵人心的訊息，我也多次收過噁心、不雅的照片和訊息，可能有些粉絲對女主播有點幻想吧。最誇張是收過一些男粉絲對著某器官的超級特寫，十分不雅；也收過一些有創意的粉絲對我的照片二次創作，把我的頭剪接到某大胸女生的身體上，應該是暗示我沒有她那麼好身材吧。最搞笑是聽過一些粉絲錄製歌曲發給我，想讓我聽聽他美妙

的歌聲。無論如何，我都把你們的訊息或圖片當作對我的支持，統統接收了，謝謝你們。

離開主播桌後不久，大台一齣有關新聞主播的電視劇推出。之前電視劇的題目都離不開紀律部隊、律師等，主播一職對廣大觀眾來說算是一個很新穎的話題。身為一個前主播，也當然有興趣看看。

看了第一集，電視劇中很多事物、佈景、地方令我仿佛重臨舊地，勾起很多回憶。懷緬過去的同時，也當然留意到電視劇中與現實不同的地方，因此有感而發，發了一則限時貼文，以過來人的角度評論一下，道出劇集和真實世界的分別。例如主播們廠內有專人補妝、戴耳機，現實不會發生。當然，我只在一間公司當過主播，不能代表所有其他公司主播立場，只是分享我的個人經歷。

電視劇中主播被人關掉字幕機，現實中團隊守望相助，猶如一家人。

劇中一幕，主播在新聞報道前30秒企起罷讀，要脅上司。這在現實也不大可能會發生，當然我十分明白這些情節對觀眾來說確實非常吸睛，絕對有必要。一齣電視劇太平鋪直敘根本不好看，沒收視。萬萬意想不到的是，這一則貼文竟然被炒熱起來，炒到上了娛樂雜誌封面，甚至遠至有馬來西亞網上媒體報道。網民都紛紛認為電視劇好看，不少網民跑到我的IG留言，說我的評論多此一舉。

「電視劇和紀錄片也不會分嗎？」、「你這做法只是博出位罷了！」、「要看真實情況就看新聞吧！」

其實發限時貼文的一刻我真的沒有想太多，純屬個人分享。我並沒有叫人罷看的意思，也沒有惡意。

電視劇和真實沒可能一模一樣，和現實不同的劇情、衝擊情節是必要的，我自己也有繼續收看。

最欣賞是劇中演員們非常專業，把主播演的非常真。同時，我也知道他們很勤力，聽聞演員為了更還原角色真實性，在拍劇之前特意跑到新聞部練習，學習真主播如何報新聞，非常敬業樂業。這套電視劇的成功掀起了觀眾對主播職業的關注，加深大眾對主播、記者的認識。

IG對我來說，的確是個看了開心也會看了傷心的地方。但更肯定的事，社交媒體輿論絕對不能忽略，對人和社會影響皆越來越深遠，絕非只限於網絡世界。

主播KOL化

碰上時代變遷，多媒體、社交平台當道，電視業大不如前，「斜槓」或多重職業的趨勢興起，KOL也大行其道。

很多人對於主播KOL化很不看好，認為破壞主播的專業形象。但我認為，人各有志，離開崗位後做什麼工作，完全是那人的選擇，其他人無權干預。很多前主播、前記者離開新聞行業後都轉行做公關、市場推廣、搞生意。想深一層，其實和化身KOL有什麼分別？

只不過KOL囊括的範圍更廣，部分活動或業務轉為綫上進行。社交平台、KOL是大趨勢，想貼近潮流，在這新媒體行業分一杯羹，有什麼問題？遲一步就out了。當然，我也認為新聞主播仍在位的時候，應該保持形象專業，比堅尼照還是忍一忍不要放到社交媒體，收起來自己欣賞好了。

4.4 溫室外的生活

主播年資逐年增加，做到變成主播組裡最年長的女主播，新入職主播同事已是「00後」。

帶過無數面試者試cue、見工，教導新主播們說話技巧，提醒他們報道新聞時有什麼要留意；同時，亦目睹無數主播同事們離職、轉行，經歷眾多別離時刻。吃過無數散水餅，輪到自己決定離開之際，內心掙扎真是無比的大，是我人生中最難抉擇的事之一。

和各大打工仔一樣，長時間在同一崗位上做著差不多的工作，也會有悶的時候。加上現在工作環境不錯，工作性質本來就是自己感興趣的，真的捨得嗎？

HOY 主持煙花直播。

離開後獲報章邀請進行個人專訪。

留或走？腦袋裡彷彿存在天使與魔鬼，左右為難。

但又忍不住靈魂拷問自己：繼續做下去有增值空間嗎？是不是時候增值自己，學習新事物呢？告知家人我的想法時，他們反應不一，媽媽、很支持，覺得是時候看看外面的世界；爸爸叫我再考慮，可能擔心我不習慣外面的世界。

畢竟轉工算是人生大事，再問問朋友們的意見，他們都很行地說無論如何都支持我。怎麼辦呢？經過

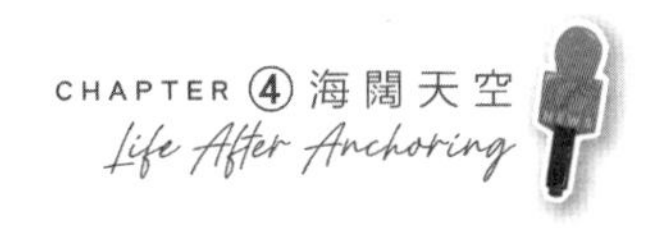

多番考慮，和家人作最後商討，再問了很多有經驗朋友的意見。左思右想，左顧右盼，終於做了一個大膽決定：我決定走了！決定走出舒適圈，看看外面的大世界。做人要有遠見，要為將來打算。現在30出頭的時候不外出闖闖，等什麼時候呢？

通知主管後，她為我計算尚餘的年假、補假，處理後續事宜。由於之前儲下太多假期，好像有二十多日，很多都是之前紅日上班的補假。經過一番計算，主管告訴我可以即時離職！下一步就是寫辭職信，難以置信的是，打辭職信原來比想象中困難，寫的時候竟然不知如何入手。寫稿寫得多，辭職信沒寫過，最後還是參考網上範本，很不容易的完成書寫我的辭職信。遞了辭職信，回電視城收拾物件。清空抽屜，帶走我的主播戰衣。拿走伴我八載的化妝箱，棄掉跟我走過每個新聞cast的水壺。

離別一刻，確實有點感傷，大大話話在這地方度過八個春秋。當然不少得跟上司和同事們說再見和拍照留念、派散水餅。計算所有假期後，2023年7月合約期滿，我的主播生涯正式畫上句號。

離開主播崗位後，我經歷一段低潮期，連我自己也意想不到的。剛轉工時的過渡期，我很不習慣。之前每天工作緊密，透不過氣來，一停下來卻很不習慣，很喜歡工作忙碌、從事的感覺；擔心未來工作狀況，也有點懷念舊同事們；捨不得鎂光燈下的感覺，始終過去八年幾乎天天面對鏡頭。想著想著，又看看舊照片，以前工作點滴，和同事們相處的畫面涌上心頭，眼眶不知不覺濕了起來。離開八年的崗位，真的不簡單。

4.5 跳出公仔箱後

離開主播桌後，多位記者也馬上聯絡我做報章個人專訪，和廣大朋友分享現況。第一次個人專訪在銅鑼灣一間酒店做的，餐廳寬敞、環境舒適、人流不多，做訪問很合適。

和記者談了幾句，確認一下訪問問題後就正式開始了。之前身為記者經常訪問別人，終於一嘗被訪問的滋味。見到攝影師示意roll機，記者就開始逐條逐條問我有關離職後的最新狀況、離開原因等。

我就一一分享我的主播生活、經驗、喜與悲，這一切都讓我的回憶頓時回來了。記者也有問我離職碰上男友求婚，是不是做少奶奶？

這也是很多朋有問過我的問題，其實完全純屬巧合。

網上節目主持。

我是一個不能待在家的人，長期在家會悶死的，還是讓我繼續做個工作狂。經過這次訪問，經過和記者的對談，我認識自己多了。一些問題自己從沒思考過，也沒有跟人分享過，例如離開後最常聽的話是什麼。記者不問的話，真的沒想過是什麼。想一了下，最常聽就是：原來你這麼高、原來你真人更瘦、原來真人會笑的！

訪談完後，攝影師為我拍了一些自然隨意的片段，穿插在訪問當中。整個過程約一小時，順利完成我的第一個專訪，終於嘗試了被訪問的感覺。

可能你會好奇，受訪者和記者都做過，哪一種比較難？

很難講。前者可以分享自己知道、經歷過的事給大家知道，感染大家。但如何鋪排、如何回答得得體也要經過思考；後者問問題前其實也要做功課，了解訪問對象，不可求其問。就像以前我做歷史節目，訪問受訪者時，也要做定資料搜集，問出重點，所以各有難處。

媒體轉型之旅

除了接受了更多專訪，我也嘗試了很多不同類型的工作，正式展開我的「斜槓」生活。最新鮮的嘗試就是為網上平台做主持、直播，之前在電視和大家見面，現在把電視主播技巧應用到社交媒體上。

第一次接拍的是一間室內設計公司的影片拍攝，

對我來說就像之前拍樓盤節目的翻版。工作內容和之前相似，但和新的拍攝團隊工作，跟隨著新的拍攝模式，對我來說既熟悉又陌生，難以形容的感覺。除了網上樓盤節目，我也參與過一些醫療相關的網上節目，模式就是和醫生對談，講解不同醫療主題。

之前當主播比較少以對談形式訪問他人，也是一個新嘗試。拍攝地點在觀塘的工廈，一走入studio，我被嚇到了。一間在工廈裡的小小錄影廠，藏著這麼專業的攝影設施及器材，字幕機也有，不比電視台差。和醫生們談了幾句，講講訪問流程後就開始錄影。一小時的訪問和醫生們談了很多疾病相關資訊，聽他們分享專業知識，我也長了不少知識，是很有意義的一次網上平台拍攝工作。

以前的我常常認為網上平台比電視遜色、沒人看，但隨著時代進步，當今世代社交媒體活躍用戶

越來越多，地鐵車廂裡個個都是低頭族，絕不能忽視社交媒體的重要性。你們搭車時低頭看手機時，不知有沒有「碌」到我的片段呢？

除了晉身社交媒體，我也開始擔任活動司儀。司儀工作運用到類似主播的技巧，卻不是一模一樣。主播經常有字幕機，字正腔圓、流暢就可以。司儀需要和觀眾互動、控制活動流程、兼顧大環境，又是另一技巧。

爸爸以前擔任過大大小小的現場司儀工作，經驗豐厚，再次向他取經，請教他一番。很幸運地，第一次正式擔任大型活動司儀就是一個由電視台主辦、一連3天的體壇活動。3天活動邀請不同界別人士出席，包括政府官員、運動精英、學生等。第一次為這麼大型的活動做司儀，肯定要做得好，因此我做了不少準備功夫。

父女檔做司儀，有爸爸帶領我也不是太緊張。

一早看稿做功課、了解出席嘉賓背景資料、熟悉活動流程，確保萬無一失。當然不少得請教專業爸爸，問他我該用什麼語氣、什麼語速、如何控制場面、遇到突發事故怎麼辦等。第一天活動，很早就化完妝、吹完頭，到達現場準備。一想到全場幾十人看著我主持大局，壓力不多不少也有一點。我告訴自己，給點信心，你可以的。活動開始前，我再次練習，確保要讀對嘉賓名字和職稱，熟悉流程，不要調亂次序。和官員對談時要清晰發問，要好好聆聽他們的回答。

盡量指示觀眾們踴躍問問題，促進嘉賓和觀眾交流。活動差不多開始，我站到台上，面對眼前幾十雙眼睛，腎上腺素開始飆升了。我深呼吸一口，「大家好，我是麥詩敏！」我微笑著，大聲說道。可能多年演出經驗的確有點幫助，很快我就習慣面對那麼多人的感覺，活動在我帶領下也順利進行。這次一連3天的活動給了我一個非常難得的機會，經驗值又加了一點。有了這次和電視台合作的大型活動經驗，我對司儀工作更有信心。

主持主播同框

另一次難忘的活動發生在2023年的聖誕節，是為一個青年慈善機構周年活動當司儀。由於這次活動主題和「傳承」有關，大會就邀請我和爸爸麥振江拍住上，兩代主持主播同場，展現「傳承」精神。當日活動在尖沙咀1881舉辦，場地中間位置建了一個巨型聖誕小屋，色彩繽紛。活動陣容鼎盛，內容豐

八年主播生涯畫上句號，新聞報道完，再會。

富，包括司長講話，幾百人獻唱聖誕歌，小朋友跳舞表演等，各大傳媒也有到訪報道。

聖誕佳節尖沙咀人流比平常多，而且這麼大的場面，我起初有點擔心。爸爸非常習慣大場面，叫我不用怕，萬大事有他在。活動當日風和日麗，人流比想象中多，一早到場準備。我們穿上大會指定服飾，整裝待發。幸好有時間上台綵排，感受一下現場氣氛，加上有爸爸帶領我，站在台上也沒有那麼緊張。

街show和廠內做主播的感覺很不同，街上雜音噪音多，音響設備肯定沒有廠內好，咪可能容易走音或有回音，是容易影響表現的其中一個因素，幸好當天這問題不大。

差不多時間開始了，大家各就各位，見到負責流程的工作人員示意可以開始，爸爸以雄壯的聲音率先和大家打招呼：「大家好！」。小時候經常看爸爸做show，這聲音語調常常聽，這麼近距離聽卻是第一次。

隨即到我開口說話，逐一邀請官員、嘉賓出場，聽完他們講話後就是表演環節，一些都按計劃進行。整個尖沙咀街頭滿載歌聲、洋溢聖誕氣氛，我們都很享受這次的合作。和爸爸一起上陣其實是我一直以來的夢想，很開心終於實現了，是一份很好的聖誕禮物。

4.6 綜藝節目主持人

離巢後，我也從新聞行業「踩過界」，踩到綜藝節目去。一間電視台邀請我做綜藝節目主持人，巧合地節目和我的愛好相關，都是圍繞健康主題。

第一個接拍的綜藝節目是和養生有關的烹飪節目，監製知道我有中醫相關知識，認為適合我參與其中。開拍前，節目監製可能擔心我會穿西裝外套，以主播造型現身，都有提醒我節目風格輕鬆，要準備輕鬆、時髦一點的服飾。

由於第一次拍攝新聞以外節目，對整個體驗都很新奇。拍攝流程、風格、團隊大不同，的確有點不適應。加上這是和中醫相關節目，很多中草藥名詞要背，不容易的。開拍第一天，大家都很友善，教導我如何拍攝烹飪節目。我又和嘉賓之一的中醫師交流心得，深究中醫知識，拍攝過程十分愉快。

輪到我出場了，在家經常煮食，對著鏡頭示範真是第一次。第一場，我努力地一字不漏的讀出我的對白，導演卻說「Cut ！」。

是我讀錯了嗎？原來團隊認為我的對白過於「主播腔」。做了八年新聞主播，不知不覺形成了「主播腔」，連我自己都不知道，在其他人角度原來就像在看新聞報道。

這是綜藝節目，應該要很輕鬆很生活化的。我後來努力地向其他演員學習，又請教團隊們，務求撇除「主播腔」。節目播出後，我緊緊追貼每一集，翻看自己表現，務求做得最好。

除了是次中醫烹飪節目，我也參與了另一個和健康相關的節目，我覺得很有意思也很具挑戰性。

褪下主播裝，穿上輕鬆服飾來上煮食節目。

與當新聞主播時不同，少一分正經，多一分輕鬆，生活性資訊不必像上堂一樣嚴肅。

節目中要夥拍不同藝人，訪問不同醫生。

從這節目中，我遇上很多資深藝人，從他們身上學到很多演繹上的技巧，對我的事業有很多幫助。由於節目風格同樣要輕鬆、悠閒，要「生鬼」一點，所以要繼續撇除「主播腔」。

一天錄影5集廠景節目，很有親切感，可能因為主播時期也是天天坐廠吧，感覺比拍攝烹飪節目輕鬆。

2024年甲辰年大年初二，我有幸參與電視台煙花匯演直播節目，再次有機會和資深藝人前輩合作。這一次的直播工作令我重拾當主播時的感覺，因為是直播的，我重遇耳機這「老朋友」，再次透過耳機聽導演指示。

直播當晚，坐在廠內，看著維港煙花現場畫面，感覺太熟悉了。就像以前當主播時，看著外面live畫面要旁述一樣。這一次直播讓我完全覺得主播經驗大派用場，令我順利應對現場live和ad lib情況。

除了綜藝節目主持，我也參與了更多其他電視台節目製作。節目和政府政策相關，主要和政府高官對談，講講政策。相比主播只對著鏡頭講話，與他人交流欠奉，是很不一樣的體驗。

離開主播崗位後轉戰主持界。

第一次訪問的是一位局長，除了我以外還有另一位男主持，他經驗豐富。有他作為我第一次的拍檔，心也定了一點。第一次拍攝地點是政府總部，在大台做了那麼久也沒機會去，這一次眼界大開。

政府總部內部非常大，第一次去的我覺得自己身在迷宮，幸好有拍攝團隊帶路。到達的時候政府總部人來人往的，可能是午飯時間吧。我跟著團隊到達已經放置好攝影器材的房間，主持和局長的座位已經預備好，分隔座位的茶几上放了盤紫紅色的蘭花，整個場景專業又有貴氣。

拍攝團隊在忙碌之際，我也準備一下訪問題目，和男主持一起預習一下。不久以後，局長等人到達，大家都齊聲說「局長你好。」眼前畫面對我來講十分新鮮，當主播時真的很少面對這類社交場面，離開後真的見識多了。和局長閒聊幾句後，訪問正式開始。聽著導演指示，在男主持的帶領下，訪問正式開始。

節目時間不長，大概20分鐘。局長分享了很多見解，讓大家更了解相關政策。這次拍攝和主播報道新聞有點不同，新聞導演會通過耳機告知主播節目餘下時間。這次拍攝，由於主持們沒有耳機，導演又不能大叫餘下時間，只能在拍攝途中舉牌示意餘下時間。這些些微的分別，就讓我一點一點的纍計更多經驗，經歷更多、學會更多。

和局長道別後，是日拍攝工作正式完成。

後記

人生
有幾多個十年？

2024年，是我從大學畢業十周年。剛畢業時還很不捨得校園生活，十分不想投入社會。轉眼間十年過去，我也慢慢習慣浸淫在大世界裡的生活。從一個「騰騰雞雞」、被萬千網友取笑的小主播；做到報新聞駕輕就熟、新同事會走來問我主播技巧的「老屎忽」。

由壓力大到不想上班，到開始意會到當主播的意義，享受當主播的樂趣。回帶看新聞報道中的自己和自己主持的節目，感到自豪、有滿足感。這十年酸甜苦辣也嚐過，有喜有悲。十年奮鬥血淚史，這名字挺貼切的。相比十年前的我，自覺更懂得處理大小事宜和人際關係，思想也更成熟。遇到荒唐無理的事，沉著氣、別生氣，做好自己就好。

現在家中經過客廳，看到電視慣常轉到新聞台，我還是習慣看看新聞報道字幕有沒有錯別字，記者旁述有沒有懶音，主播頭髮有沒有亂。八年在同一地方工作、成長，成了我生命中重要的八年。所有學到的、經歷的，深深刻到我的腦海中。沿路教過我的前輩、幫過我的同事，你們的幫助我銘記於心，衷心感激你們。當然最重要還有我的家人、朋友，當主播的工作時間瘋狂無序，沒有你們的支持和體諒，相信我未必挨到這麼久。

離開舒適圈後轉跑道，投身其他工作，參與更多不同類型的拍攝，的確學會了更多。我也很享受和珍惜這些新經歷、新經驗。離開主播桌後，參與過眾多不同類型的節目，和主播時期大不同。唯一不變的，就是家人對我的支持。無論什麼頻道、什麼節目，爸爸總是默默支持我。知道節目出街時，也不忘截圖的動作，延續他喜歡截圖然後發給我的喜好。打開手機訊息時，收到的不只是照片，還是滿滿的支持和愛。

感謝這八年主播生涯遇到的所有人和事，沒有經歷過這些，不會有現在的麥詩敏。

種種新工作也讓我漸漸習慣離開工作八年的地方，慢慢接受溫室外的世界。我沒有後悔過自己挑選了離開舒適圈，俗語說「魚唔過塘唔肥」，永遠困在同一地方，機會的確很有限，跳出外面才有更多發揮空間。有外國作家說過life begins at the end of your comfort zone，「人生開始於舒適圈的盡頭」。這句也是很對的，人生要充滿挑戰才好玩，才會多姿多彩。只要成功踏出第一步，更精彩的在後頭！

這八年的回憶中，有喜有悲，但開心的回憶始終比辛酸的多。時間過去，記憶也會慢慢褪色。這書就像一本記載了我八年主播生涯的日記，對我來說也很有意義，也很開心可以完成bucket list中「寫書」這一項。

最後，衷心謝謝你花時間看完我的書，明白更多關於我和我過去八年的生活，希望這本書能令你對主播一職了解更多，解開你對主播的迷思。

好年華
Good Time

新聞主播工作實錄

作　　者／麥詩敏
文字編輯／A.W
版面設計／陳日華
國際書號／978-988-70542-1-4
初　　版／二〇二四年六月
定　　價／港幣一百三十八元正

出　　版／好年華 Good Time
電郵：goodtimehnw@gmail.com
IG：goodtimehnw
Facebook：goodtimehnw

發　　行／泛華發行代理有限公司
電話：(852) 2798 2220
傳真：(852) 3181 3973
地址：香港新界將軍澳工業邨駿昌街七號星島新聞集團大廈